Lea Tervooren

Love Under the Polar Lights

AF289391

Für Luna

die uns viel zu früh verlassen musste und nur die ersten sechs Kapitel mit mehr oder weniger sinnvollen Kommentaren versehen konnte.

Du fehlst hier, kleiner Vierbeiner!

Impressum

Bibliografische Information der Deutschen Nationalbibliothek: Die Deutsche Nationalbibliothek verzeichnet diese Publikation in der Deutschen Nationalbibliografie; detaillierte bibliografische Daten sind im Internet über http://dnb.dnb.de abrufbar.

Die automatisierte Analyse des Werkes, um daraus Informationen insbesondere über Muster, Trends und Korrelationen gemäß §44b UrhG („Text und Data Mining") zu gewinnen, ist untersagt.

Lektorat: Lea Tervooren
Korrektorat: Lea Tervooren

Verlag: BoD · Books on Demand GmbH, In de Tarpen 42, 22848 Norderstedt

Druck: Libri Plureos GmbH, Friedensallee 273, 22763 Hamburg

ISBN: 978-3-7693-2091-6

Inhaltsverzeichnis

Chapter 1

„Das kann doch nicht sein!" Felix schließt fluchend das Word-Dokument mit der Überschrift ‚Vierter Roman'. Erneut hatte er versucht ein halbwegs sinnvolles Konstrukt zu bilden, das aus mehr als zwanzig Worten besteht. Denn eigentlich müsste er nicht einmal mehr in die erste Zeile seines Plots schreiben, dass es um ein schwules Paar gehen wird.

Seit er mit seiner Familie nach Schweden ausgewandert war, hatte er kaum ein sinnvolles Wort mehr zu Papier gebracht, zumindest nicht für einen Roman. Seine Fantasy Serie über ein isländisches Elfenvolk hatte er in den letzten vier Jahren angefangen und beendet, denn in den dunklen Winterstunden hat man wunderbar viel Zeit, um zu Schreiben. Nur Ideen für einen Roman wollen ihm nicht kommen, dabei wünschen seine Leser sich so sehr eine neue Geschichte von ihm. Seinen letzten Roman, wie immer ein Einzelband, hatte er beendet, als sie gerade nach Schweden gekommen waren und er noch nicht im Familienbetrieb mitarbeiten durfte. Zuerst sollte er die Schule beenden, also eigentlich nur auf seine Abschlussergebnisse aus England warten.

Während er an seinem Roman verzweifelt, könnte er eine neue Fantasy Serie direkt beginnen. In der Mythologie gibt es viel mehr, was noch nicht geschrieben wurde oder zumindest noch in hunderten weiteren Interpretationen zu schreiben war.

Felix' erster Roman war eine typische Geschichte über die vermeintlich große Liebe, die man in einem Feriencamp gefunden hat. Sein zweiter Roman handelte, wie nicht selten zu dieser Zeit, von Exfreunden, die durch einen gemeinsamen Freund nach Jahren wieder aufeinandertreffen und merken, dass der jeweils andere ebenfalls nicht mit der vergangenen Beziehung abgeschlossen hat. Auf den Wunsch einiger Leser schrieb Felix den dritten Roman über Freunde, die sich auseinandergelebt hatten und bei ihrem nächsten Aufeinandertreffen festgestellt haben, dass sie vielleicht doch mehr gewesen sind als Freunde. Was bleibt ihm denn jetzt für den vierten Roman noch übrig, wenn er nicht einfach das Gleiche noch einmal schreiben möchte, nur mit anderen Personen und einem anderen Setting?

Es ist noch früh am Morgen, schließlich wollte Felix knapp zwei Stunden Schreiben, bevor er ab 11 Uhr im Familienbetrieb arbeiten muss. Seine Eltern haben Verständnis dafür, dass ihr Sohn seinen Lebensunterhalt eigentlich als Autor verdient, doch er hat selbst entschieden, auf dem Gestüt mitzuarbeiten und am liebsten führt er die Ausritte durch den Wald.

Das ganze Jahr über empfangen sie Gäste aus aller Welt, meist jedoch aus Europa, die bei ihnen Urlaub machen. Seine Eltern bieten Ausritte, Kutschfahrten und im Winter Schlittenfahrten an. Moritz, sein Stiefvater, ist neben der Stallarbeit für die Ausritte verantwortlich, doch häufig übernimmt Felix diese. Isabelle, Felix' Mutter, kümmert sich auf dem Gestüt um ihre Gäste und leitet im Winter regelmäßig die Schlittenfahrten. Um die Kutschfahrten kümmert sich normalerweise Annalena, Felix' jüngere Schwester, oft auch nur Leni genannt. Theodora lernt seit dem Sommer nach und nach von Leni und ihrem Vater. Am liebsten jedoch begleitet sie ihren großen Bruder, da dieser ihr deutlich mehr erlaubt. Felix' jüngsten Geschwister, die Zwillinge Zoe und Arya, helfen bisher nur bei der Zubereitung des Essens, am liebsten backen sie mit Isabelle stundenlang Kuchen, Muffins und Plätzchen für die Gäste.

„Was machst du denn schon hier?", wird Felix begrüßt, als er den Stall betritt. „Dir auch einen guten Morgen, Thea."

„Guten Morgen Felix, was machst du schon hier?", wiederholt Theodora ihre Frage. „Ich habe keine Idee, was ich schreiben soll und dachte, ich fange schon mit der Arbeit an."

„Das klingt doch sinnvoll.", entgegnet seine kleine Schwester auf die Antwort von Felix, bevor sie sich wieder ihrer Arbeit zuwendet. Der Angesprochene sieht das jedoch anders, die Arbeit auf dem Gestüt wird ihm zwar zum Teil vergütet und erspart ihm jegliche Kosten, die normalerweise dem Lebensunterhalt galten, aber eigentlich möchte er sein Geld mit dem Schreiben verdienen. Außerdem frustriert es ihn, dass er seit Jahren keinen Roman mehr veröffentlicht hat, seine Leser fordern nichts, doch möchte er ihnen eine Freude machen, weil er weiß, wie sehr sie sich etwas Neues von ihm wünschen und das am liebsten noch dieses Jahr.

Dass dies scheitern wird, da es bereits Mitte November ist, ist Felix bewusst, doch wenn er zumindest vor Ostern die Ankündigung für den Roman machen könnte, wäre er glücklich.

***

Pünktlich um 11 Uhr führt Felix gemeinsam mit seiner Schwester eine Gruppe von etwa zehn Gästen in den Stall, wo sie die Pferde zuteilen und diese für den Ausritt fertig machen. Felix hat seinen Schimmel bereits geputzt, weshalb er sich dazu entscheidet, heute das Pferd aus der Nachbarbox zum Ausritt mitzunehmen, denn die Rappenstute bekommt viel zu selten die Möglichkeit dazu. Die meiste Zeit verbringt sie mit den anderen Pferden, die gerade nicht gebraucht werden, auf der Weide, die mehr als genug Auslauf bietet.

Als alle Pferde fertig sind, erklärt Felix in perfektem Englisch den Gästen, die diesmal ausnahmsweise alle aus dem United Kingdom kommen, wie es nun weitergeht. Die wichtigsten Regeln, immer auf ihn zu hören und auf dem Pferd nicht ans Handy zu gehen, sind für die älteren Damen, die heute am Ausritt teilnehmen, logisch. Verhältnismäßig schnell verlassen die Geschwister also mit ihren Gästen das Gestüt und reiten in Richtung Wald.

Auch wenn Felix nur wenige Minuten zuvor erklärt hat, dass Handys auf dem Pferd nichts zu suchen haben, zieht er sein eigenes aus der Jackentasche und macht ein Foto von der Stute und der schneebedeckten Landschaft, durch die sie reiten. „Keine Handys auf dem Pferd, Fe." Schnell steckt Felix das Handy wieder weg und wendet sich an die Gruppe, um zu sehen, ob sie schneller reiten können oder besser im Schritt bleiben. "Thea, du passt auf, dass niemand verloren geht? Dimma wird vermutlich rennen wollen." „Natürlich. Soll ich euch filmen? Dann kannst du Julian nachher das Video schicken." Felix nickt, bevor er sich an die Gruppe wendet und erklärt, was er geplant hat.

Felix lächelt, als Dimma direkt nach der Galopphilfe losrennt und auch erst nach einigen hundert Metern wieder langsam wird. Er hatte geahnt, dass die Stute die Chance nutzen wird und als sie es tatsächlich getan hat, ist ihm bewusst geworden, dass er sie viel häufiger mitnehmen muss. Draumur, sein Schimmel, wird ihm nicht böse sein, wenn er ein- bis zweimal in der Woche nicht den großen Ausritt machen muss. Und die Muskeln, die Dimma dabei aufbauen wird, würden ihr auch nicht schaden.

Es dauert einen Moment, bis die Gruppe zu Felix aufschließt und Theodora neben ihm zum Stehen kommt. „Ich schicke dir das Video, wenn wir zurück sind." „Danke." Mit einem Blick auf die älteren Damen, die alle glücklich wirken und sich unterhalten, wendet Felix sich an seine jüngere Schwester. Mit ihr konnte er schon immer am besten reden, vor allem dann, wenn es um etwas ging, das seine Freunde nicht wissen.

„Jetzt sprich schon.", natürlich hat Thea gemerkt, dass Felix mit ihr reden möchte. „Es ist kompliziert…"
„Was ist denn dein größtes Problem gerade?"
„Ich weiß nicht, was ich schreiben soll. Ich sollte dringend wieder einen Roman schreiben, aber seit wir hier in Schweden sind, habe ich einfach keine Ideen mehr. Aber es scheitert nicht an den Worten, ich konnte schließlich ohne Probleme eine Fantasy Serie schreiben und könnte jetzt auch eine neue beginnen, aber ich möchte vorher einen neuen Roman schreiben, schließlich hat diese Community lange nichts mehr zu lesen gehabt."
„Du weißt, dass du ihnen nichts schuldest?"
„Ich weiß, aber ich möchte es. Und du weißt, ich lebe fürs Schreiben. Ich möchte endlich wieder Spaß daran haben, etwas zu schreiben."
Felix klingt mittlerweile sehr verzweifelt und es tut Thea im Herzen weh, ihren Bruder so zu sehen, denn eigentlich weiß dieser immer, was er als nächstes tun muss. „Wäre es nicht eine Option erst die Fantasy Serie zu schreiben?"
„Das bringt mich den Lesern der Romane nicht näher. Sie sollen auch wieder etwas lesen können."
Einen Moment schweigt seine Schwester nachdenklich, bevor sie ihn begeistert ansieht. „Lad Julian ein. Für mehr als ein Wochenende, dann kommen deine Ideen wieder. Du hast bisher nur

Romane geschrieben, als du deinen Freund noch nahezu täglich gesehen hast."

„Du hast Recht! Mir fehlt hier in Schweden die Inspiration für Romane." Felix kann es kaum fassen, dass es ihm nicht selbst aufgefallen ist, aber natürlich hat seine Schwester recht.

„Und bevor du fragst, wie du ihn fragen sollst: Schick ihm das Video und die Bilder vom Ausritt, wenn wir zurück sind und frag ihn direkt, ob ihr am Abend nicht telefonieren wollt. Dann vermisst du ihn heute eben besonders doll. Und du kannst ihn dann übers Telefon fragen, ob er nicht im Dezember eine Woche vorbeikommen möchte."

„Das klingt tatsächlich nach einem guten Plan. Danke Thea."

„Gerne." Sie ist erleichtert, dass sie ihrem Bruder helfen konnte, ohne irgendetwas Besonderes zu tun.

Als die ersten Schneeflocken des Tages vom Himmel fallen, wendet Felix sich an die Gruppe. „Wir würden jetzt auf dem kürzesten Weg zurückreiten, damit wir uns nicht im Schnee verirren können. Bitte bleibt zusammen und achtet aufeinander. Ich werde hinter allen reiten, damit wir niemanden verlieren. Theodora kennt den Weg und die Pferde eigentlich auch." Wie angekündigt reitet Thea vorweg, die älteren Damen hinterher und Felix bildet auf Dimma das Schlusslicht. Es ist lange her, dass sie eine so entspannte Gruppe hatten, die Damen, alle zwischen 60 und 80 Jahren, sind sich den Gefahren bewusst, kennen ihre eigenen Grenzen und hören auf die erfahrenen Gastgeber, obwohl diese deutlich jünger sind.

Die Gruppe erreicht gerade noch rechtzeitig das Gestüt, denn als sie die Pferde in den Stall bringen, fallen die Flocken so dicht vom Himmel, dass die Sicht nur für wenige Meter reicht. Schnell meldet Felix sie bei seinen Eltern zurück, bestätigt, dass er mit seiner Schwester unterwegs war und verabschiedet sich dann in sein Zimmer. Für die Gäste wird es in etwa einer Stunde Essen geben, doch der Sohn der Gastgeber möchte seine Zeit lieber dem Schreiben widmen, bevor er am Nachmittag einen zweiten Ausritt leiten wird.

***

Als Felix es sich mit seinem Laptop in seinem Zimmer auf dem Sofa bequem macht, entscheidet er sich dazu, zunächst seinem Freund zu schreiben. Er beginnt mit dem Video, dass Theodora beim Reiten gemacht hat. Dazu schreibt er:

„Hey Darling,
ich habe heute spontan Dimma zum Ausritt mitgenommen. Sie hat
mich so abwartend angesehen, als ich Draumur geputzt habe und weil
noch ausreichend Zeit war, habe ich sie dann auch geputzt. Danach
konnte ich es nicht übers Herz bringen, sie im Stall stehen zu lassen.
Wie war dein Tag bisher und hast du heute Abend Zeit zum Telefonie-
ren oder eher nicht? Ich hätte nach dem Abendessen Zeit, du kannst
dich dann einfach melden, wenn du auch Zeit hast.
Du fehlst mir, heute irgendwie mehr als sonst. Ich liebe dich <3"

Zufrieden mit seinen Worten schickt Felix die Nachricht ab und öffnet kurz darauf sein Worddokument auf dem Laptop. Auch wenn es erst einmal nur Charakterbeschreibungen sind und die Figuren nicht einmal Namen haben, ist Felix glücklich, als er nach knapp einer Stunde das Dokument schließt. Es ist ein Anfang, er weiß, wie seine zwei Hauptcharaktere sein sollen, wie sie heißen, kann er notfalls würfeln.

Auch sein Handy zeigt ihm gute Neuigkeiten. Eine Nachricht von Julian:

„Hey Lixi,
es freut mich, dass ihr einen schönen Ausritt hattet. Wobei, eigentlich
werde ich eher neidisch. Ich bin schon viel zu lange nicht mehr durch
den Schnee galoppiert.
Mein Tag war bisher ganz okay, ich habe gerade die letzte Abgabe fürs
Studium begonnen. Wir können heute Abend gerne telefonieren, meld
dich einfach nach dem Essen, dann rufe ich dich an, sobald ich auch
Zeit habe. Ich weiß nicht, wann Mama heute nach Hause kommt, und
ich habe versprochen, mit ihr zu essen, weil ich das in letzter Zeit so
selten getan habe.

Ich vermisse dich auch.
Ich liebe dich!"

Felix lächelt, während er antwortet, dass er sich melden wird, seinem Freund noch einen erfolgreichen Tag und ein schönes Abendessen wünscht.

Chapter 2

Nach dem Abendessen hatte Felix seinem Freund eine Nachricht geschickt, dass er nun Zeit hätte und sich dann in seine Bibliothek begeben. Lange musste er nicht auf eine Antwort warten, denn nach etwa 15 Minuten klingelte das Handy auf dem Tischchen neben Felix.

„Hallo Darling." Felix nimmt den Anruf lächelnd entgegen und macht es sich im Schein von Lichterketten auf seinem Sofa bequem. Er hatte sich nach dem Abendessen zurückgezogen, um seine Ruhe zu haben, niemand würde ihn hier stören, wenn es sich nicht um einen Notfall handelt. Außerdem hatte er die Hoffnung gehabt, noch etwas schreiben zu können.

„Hey. Wie geht's dir?" An Julians Stimme kann Felix hören, dass auch sein Freund, der gerade in England auf seinem Bett sitzt, lächelt.

„Jetzt, wo ich deine Stimme höre, sehr gut. Und dir?"

„Auch, ich habe heute meine letzte Arbeit an der Uni begonnen. Kannst du dir vorstellen, dass ich Mitte Dezember fertig bin mit meinem Studium?"

Julians Bericht ist zwar nichts neues für Felix, dennoch hört er gerne, was sein Freund von seinem Alltag erzählt. „Dann kannst du mich ja gar nicht mehr mitten in der Nacht anrufen, weil du an deinen Texten verzweifelst." Das kann natürlich auch Vorteile haben, sowohl für Felix als auch für Julian. „Weißt du schon, was du danach machen möchtest?"

„Ich bekomme meinen Abschluss ja erst im März oder so. Bis dahin, keine Ahnung, vielleicht etwas reisen und dich besuchen und danach möchte ich vielleicht als Lektor irgendwo arbeiten. Es wäre schön, dass Hobby lesen mit dem Beruf zu verbinden."

„Das klingt nach einem guten Plan." Würde Felix nicht mit dem Schreiben von Büchern Geld verdienen, würde er wahrscheinlich auch als Lektor bei einem Verlag arbeiten.

„Ich bin dafür, dass du, wenn du die Arbeit abgegeben hast, hierherkommst. Du könntest bis kurz vor Weihnachten bleiben und mir helfen."

„Aber einen Tag gehen wir nur zu zweit ausreiten.", stellt Julian die Bedingung auf, um noch vor dem Jahreswechsel zu seinem Freund zu fliegen. Wenn er ehrlich ist, würde Julian auch ohne dieses Versprechen sofort nach der Abgabe seiner Arbeit nach Schweden fliegen.

„Gerne. Wann musst du deine Arbeit denn abgeben?"

„Am zehnten Dezember, ich würde dann am elften zu dir kommen."

„Okay, dann schreibe ich das so auf und nehme mir dann da irgendwie frei, ganz frei habe ich nicht, aber du wolltest letztes Mal sowieso lieber mit ausreiten gehen, dann machen wir das diesmal wieder."

Schnell notiert Felix sich in seinem Kalender, wann Julian zu ihm kommen würde. Zum einen, damit er es nicht vergessen kann und zum anderen, damit er bis dahin alles geklärt hat, was Julian noch nichts angeht. Auch das Weihnachtsgeschenk für seinen Freund sollte er dann bereits besorgt haben.

„Das klingt gut. Und jetzt erzähl von dir und deinem Leben. Ich bekomme hier viel zu wenig mit." Julians Stimmt klingt traurig, aber nicht wirklich vorwurfsvoll.

„Bei mir ist eigentlich alles gut. Ich bin aktuell häufig mit Thea unterwegs, sie möchte so gerne alles lernen und das lieber von mir als von Moritz. Heute habe ich Dimma mitgenommen, weil ich zu früh wach geworden bin, habe ich morgens Draumur schon geputzt und als die Teilnehmer ihre Pferde geputzt haben, habe ich mich Dimma gewidmet. Thea hat das Video gemacht, als wir galoppiert sind."

„Wenn du das so erzählst, werde ich ganz traurig. Ich bin Dimma viel zu lange nicht mehr geritten und saß generell ewig nicht mehr auf einem Pferd." Ein wenig wehmütig geht Julian auf Felix' Bericht ein.

„Ich glaube, Dimma wird sich fast genauso sehr freuen, dich zusehen, wie ich."

„Du kannst mich doch gar nicht mehr vermissen als Dimma es tut. Du hörst meine Stimme doch fast täglich und siehst mich auch regelmäßig, wenn wir videotelefonieren."

„Natürlich kann ich dich so sehr vermissen!" Sie beide wissen, dass Felix Recht hat, denn wenn Julian genauer darüber nachdenkt, geht es ihm nicht anders.

„Och Lixi… In nicht einmal einem Monat sehen wir uns."

Felix seufzt. „Ich weiß, aber irgendwie ist es heute besonders schwer."

„Du weißt, dass wir auch häufiger telefonieren können? Du wolltest es bisher nicht so oft." Normalerweise besteht ihre Kommunikation aus etlichen Sprach- und Textnachrichten, die sie sich über den Tag verteilt schicken. „Vielleicht können wir es ausprobieren. Es tat bisher beim Auflegen nur immer mehr weh als vor dem Anruf." Überrascht von Felix' Aussage antwortet Julian: „Warum hast du das nie gesagt? Du hättest mir sagen können, dass du darunter leidest. Wir probieren das ab jetzt aus, dann hast du zumindest tagsüber etwas Schönes, woran du dich erinnern kannst." Die Antwort auf die Frage, kann der Junge in England sich denken, dennoch wünscht er sich, dass sein Freund mehr mit ihm reden würde.

„Und jetzt zu besseren Themen, wie war dein Abend mit Anna?" Obwohl Felix sich tatsächlich dafür interessiert, wie Julians Abend war, wechselt er das Thema eigentlich, weil ihm das vorherige zu unangenehm ist. Er ist schließlich schuld daran, dass sie sich so selten sehen. Mit fast 18 Jahren wäre es Felix möglich gewesen in England zu bleiben, als seine Familie nach Schweden gezogen ist und mit über 20 Jahren wäre es ihm jetzt erst recht möglich häufiger in England zu sein.

„Viel zu lang. Ich wollte die ganze Zeit lieber mit dir reden. Aber ansonsten war es sehr gut. Ich muss häufiger mit Mum essen, das ist viel besser als allein zu essen. Nur mit dir wäre es schöner." Julians Aussage hört Felix nicht oft, denn eigentlich sprechen sie nicht darüber, wie sehr ihnen der jeweils andere fehlt, doch am heutigen Abend ist sowieso alles anders als sonst. „Das freut mich und hör auf zu schleimen." „Ich schleime nicht. Ich sage nur die Wahrheit, dass diese mit genau dem übereinstimmt, was du hören möchtest, kann ich ja nicht wissen." Er hat Recht, das wissen sie beide, auch wenn Felix diese Worte nicht primär hören wollte, hat er immerhin kurz daran gedacht.

„Gibt es sonst irgendwas Neues in England?" „Nicht wirklich. Elias und Jonas sind aktuell sehr nervig, du solltest dich auch mal wieder bei ihnen melden. Sie denken, dass wir dauerhaft miteinander schreiben und du deshalb so selten schreibst."

„Oh stimmt, ich habe ihnen gefühlt ewig nicht mehr geschrieben.", fällt Felix beim Gedanken an ihre Freunde ein. „Und gesehen habe ich sie auch seit Jahren nicht mehr. Aber wenn ich so darüber nachdenke, ich würde nicht zurück nach England wollen. Hier ist es so viel ruhiger, die Menschen sind zum Großteil entspannter und gerade die Landschaft und die Natur sind hier so schön. Das Einzige, das England hat, das Schweden nicht hat, bist du."

„Ich weiß, aber du bist glücklich da oben am Polarkreis und wenn du zurückkommen würdest, würde es dir auf lange Sicht nicht gut gehen." Auch wenn es Julian wehtut, dies zuzugeben, weiß er ganz genau, dass Felix in Schweden besser aufgehoben ist als in England. „Das würden auch Elias und Jonas so sehen. Vielleicht meldest du dich morgen mal bei ihnen." „Da hast du wohl Recht.", stimmt Felix zu.

„Hier läuft es gerade auch so gut. Allen Tieren geht es gut, Leni und Thea übernehmen immer mehr Aufgaben und spätestens nächsten Winter können wir mindestens einen weiteren Ausritt pro Tag planen. Dadurch kommen mehr Gäste oder auch Tagesgäste."

„Das freut mich für euch. Es ist schön zu hören, dass euer Plan aufgegangen ist und es euch allen gut geht." Julian freut sich wirklich für seinen Freund und dessen Familie, auch wenn es ihm nicht leichtgefallen ist, diese aus England ziehen zu lassen. Er vermisst nicht nur Felix, sondern auch dessen jüngere Schwestern und Isa und Moritz, die für ihn immer, wie zweite Eltern waren.

„Ich freue mich, wenn du hier bist und ich dir zeigen kann, was sich seit deinem letzten Besuch alles geändert hat. Vor allem im Stall und im Speisesaal hat sich einiges getan." Ob er Julian seine

Bibliothek zeigen oder diesen emotionalen Rückzugsort für sich behalten wird, weiß Felix noch nicht. Auf der einen Seite wäre es bestimmt schön diesen Ort mit ihm zu teilen, auf der anderen Seite braucht Felix auch einen Ort, an den er sich zurückziehen kann, um in Ruhe Schreiben zu können.

„Jetzt bin ich fast motiviert meine letzte Arbeit heute Nacht zu schreiben, damit ich so schnell wie möglich bei dir bin."

„Juli, nein! Die Arbeit ist wichtig, du schreibst die nicht mal eben schnell. Hier läuft dir nichts weg und du kannst ja nach auch Weihnachten wiederkommen." Auch wenn Felix sich nichts sehnlicher wünscht, als dass Julian endlich wieder bei ihm ist, ist es ihm wichtig, dass dieser die Uni ernst nimmt und seine Abschlussarbeit ordentlich abgibt.

„Ich weiß, aber du kannst es mir nicht übelnehmen, dass ich lieber bei dir wäre." Und wieder einmal hat der Jüngere Recht, doch auch diesem ist bewusst, dass Felix ebenfalls nicht Unrecht hat.

„Das tue ich auch nicht, aber wenn du die Arbeit ordentlich schreibst, kannst du länger und häufiger hier sein. Wie wäre es, wenn wir uns jeden Abend zum Videotelefonieren treffen und du währenddessen deine Arbeit schreibst und ich auch irgendwas schreibe?" In der Hoffnung, dass er in der Zeit endlich einen Roman beginnen kann, macht Felix einen Vorschlag, von dem er nicht gedacht hätte, ihn jemals auszusprechen. In Julians Augen klingt der Vorschlag sehr gut, während der selbst seiner Pflicht, der Abschlussarbeit, nachkommt, kann sein Freund seinem Hobby, für welches er viel zu wenig Zeit hat, nachgehen.

„Okay, jeden Abend gegen 20 Uhr britischer Zeit? Dann müsstest du mit dem Essen fertig sein." „Das klingt gut. Und wenn etwas dazwischenkommt, können wir immer noch schreiben.", bestätigt Felix die Uhrzeit für ihre Telefonate. „Genau."

Felix und Julian unterhalten sich noch einige Zeit über verschiedene Themen, bevor sie sich nach dreieinhalb Stunden voneinander verabschieden und auflegen. Während Julian direkt schlafen geht, räumt Felix noch seine Bibliothek auf.

Die Bücher, die bisher noch keinen Platz im Regal bekommen haben, sortiert er nach Genre und legt sie vor das entsprechende Regal, wo sie darauf warten am folgenden Abend ihrem endgültigen Standort zugewiesen zu werden. Während Felix seine Bücher katalogisiert, führen ihn seine Gedanken immer wieder zurück zu dem Telefonat. Es war erschreckend ehrlich und auch wenn sie in jedem ihrer Telefonate ehrlich zueinander sind, haben diesmal beide ihre verletzbare, normalerweise versteckte, Seite gezeigt.

Chapter 3

Müde steht Felix gegen halb neun auf. Es ist nicht selten, dass er morgens noch nicht ganz wach ist, doch an diesem Morgen ist es schlimmer als sonst. Bis etwa zwei Uhr hatte Felix seine Bibliothek aufgeräumt und so versucht sich von seiner Schreibblockade abzulenken.

„Felix? Hast du heute Abend etwas vor?", begrüßt Annalena ihn, als er auf dem Weg in die Küche ist.

„Ich wollte nach dem Abendessen mit Julian telefonieren, warum?"

„Timo kann heute nicht zum Tanzen kommen und ich dachte, du würdest vielleicht mitkommen wollen. In England hast du gerne getanzt und hier nicht wieder angefangen."

„Um wie viel Uhr denn? Dann kann ich das mit Julian absprechen." Wenn er ehrlich ist, würde Felix fast alles tun, um endlich wieder auf einer Tanzfläche zu stehen, doch wollte er nie ohne seinen Freund tanzen gehen.

„17:30 und dann eine Stunde, dann wären wir gegen 19:30 Uhr wieder zurück, wenn du uns fährst, sind wir sogar schneller als zu Fuß. Mit Essen könntest du um halb neun mit deinem Freund telefonieren."

„Okay, wenn Mama einverstanden ist.", gibt Felix nach, obwohl es ihm schwerfällt, merkt Leni gar nicht, dass er gezögert hat zuzusagen.

„Ist sie, sie hat es vorgeschlagen." Das Lächeln von seiner Schwester kommt Felix verdächtig vor, doch auch, wenn das ganze nur eine Ausrede sein sollte, damit er endlich unter Leute kommt und in Schweden seinen eigentlichen Hobbys nachgeht, ist Felix zufrieden mit seiner Entscheidung. Und wenn seine Mutter bei der Entscheidung nicht ganz unschuldig ist, wird sie ihm erlauben, in seinem Zimmer zu essen, während er mit Julian telefoniert.

**

„Was beschäftigt dich? Du bist aktuell so oft in Gedanken, wenn wir ausreiten sind." Felix schreckt aus seinen Gedanken, als

Theodora ihn anspricht. „Mir geht aktuell einfach viel zu viel durch den Kopf. Beruflich komme ich nicht wirklich weiter, mir fehlen einfach die Ideen für den nächsten Roman. Dann die Sache mit Julian, er kommt uns zwar im Dezember besuchen, aber ich weiß nicht, wie es danach weitergehen soll. Ich liebe ihn und kann mir mein Leben nicht ohne ihn vorstellen, aber diese Fernbeziehung bringt mich auf Dauer um. Und dann kam Leni heute Morgen zu mir und meinte, dass sie und Mum überlegt haben, dass ich sie heute zum Tanzen begleiten soll. Auf der einen Seite vermisse ich es auf der Tanzfläche zu stehen, auf der anderen Seite kann ich mir nicht vorstellen es ohne Juli zu tun."

„Du machst dir dein Leben manchmal echt kompliziert. Zu der beruflichen Situation habe ich spontan keine Idee, aber ich kann mir mal Gedanken machen, wenn du das möchtest." „Gerne.", Felix unterbricht seine Schwester, denn auch, wenn die Idee dann nicht von ihm ist, würden seine Leser sich über ein neues Werk von ihm freuen und sein Fingerabdruck wäre trotzdem dabei, da er Theas Idee immer noch ausformulieren müsste.

„Zu der Sache mit Julian fällt mir nur Abwarten ein. Ihr findet eine Lösung, wenn ihr euch seht. Beendet er nicht auch bald sein Studium?"

„Meinst du wirklich, dass wir eine Lösung finden, nur weil er sein Studium beendet?"

„Natürlich! Ihr müsst nur in Ruhe darüber sprechen, was ihr wollt und wie es weitergehen soll. Und das am besten nicht übers Telefon." Erstaunt von der Reife der 16-Jährigen nickt Felix nur. „Und heute gehst du einfach zum Tanzen. Es macht dir Spaß, du hilfst Leni und es ist nichts Verbindliches. Vergiss heute Abend einfach für die eine Stunde all deine Gedanken. Es verlangt niemand von dir, dass du mit jemandem tanzt, den du nicht kennst. Wenn du danach nicht wieder tanzen möchtest, ist es ein einmaliges Event."

Nach kurzer Zeit, die Felix zum Nachdenken genutzt hat, nickt er schließlich. „Danke Thea. Was würde ich aktuell nur ohne dich tun?" „Verzweifeln.", lacht diese nur. „Wahrscheinlich hast du recht." Es ist ihm ein wenig unangenehm, dass er in letzter Zeit so oft den Rat seiner jüngeren Schwester braucht. Als würde er sein

Leben nicht im Griff haben, wobei das auch zum Teil der Wahrheit entspricht, auch wenn Felix es sich ungern eingesteht. Er ist dankbar, dass er mit seiner Schwester über alles reden kann und auch wenn er weiß, dass er immer mit seinen Eltern und anderen Geschwistern reden könnte, wäre Thea immer seine erste Wahl.

***

Um halb sechs steht Felix am Abend also neben seiner Schwester auf der Tanzfläche der kleinen Tanzschule im nächsten Ort. Er hat gefühlt den halben Nachmittag damit verbracht in seinem Zimmer nach seinen Tanzschuhen zu suchen. Zu seinem Glück passen diese noch perfekt, auch wenn sie entstaubt werden mussten, da Felix sie zuletzt in London auf seinem letzten Tanzball zwei Tage vor ihrem Umzug getragen hatte.

Pünktlich betreten die Tanzlehrer den Saal, begrüßen alle und während die junge Frau die Musik startet, geht der junge Mann durch den Raum, um die Anwesenheit zu kontrollieren. Als letztes kommt er zu Felix und seiner Schwester, die gerade angefangen haben zu tanzen.

„Wen hast du denn heute mitgebracht, Leni?"

„Meinen großen Bruder, er hat in England gerne getanzt und weil Timo krank ist, habe ich ihn einfach mitgeschleppt."

„Wie lange hast du denn in England getanzt?" Der Tanzlehrer, dessen Namen Felix nicht kennt, scheint ehrliches Interesse daran zu haben.

„Knapp 6 Jahre. Ich hätte auch gerne weitergemacht, aber nicht ohne meinen Tanzpartner." Leni ist überrascht, dass ihr Bruder verhältnismäßig so viel erzählt, vor allem, weil er bisher noch nie freiwillig von seiner Zeit in England und mit Julian berichtet hat.

„Das kann ich verstehen, es ist merkwürdig mit jemandem neuen zu tanzen und dann lässt man es lieber."

„Fabi!", die Tanzlehrerin unterbricht ihr Gespräch, indem sie den Tanzlehrer zu sich ruft und Felix damit endlich dessen Namen verrät.

„Wie heißt deine Tanzlehrerin?", flüstert Felix seiner Schwester zu.

„Maní.", lautet die geflüsterte Antwort.

Die Tanzlehrer zeigen eine Figur in der Rumba. Felix erkennt schnell, dass er diese Figur aus England kennt und nutzt die Zeit, um sich umzusehen. Der Saal ist nichts Besonderes, er ist nicht wesentlich anders als die Tanzsäle in seiner Heimattanzschule. Die anderen Tanzschüler sind ähnlich alt wie seine Schwester, was ihn wenig überrascht, da Leni davon berichtet hatte, dass einige aus ihrer Klasse ebenfalls in diesem Kurs sind. Ein Stoß in die Rippen holt Felix zurück aus seinen Träumen von früher, als er selbst noch wöchentlich auf der Tanzfläche gestanden hat.

„Wir sollen die Figur üben. Gemeinsam mit den anderen, Maní zählt die Schritte." Felix nickt zur Bestätigung, seine Tanzlehrerin in London hatte den Unterricht ähnlich gestaltet. Wie angekündigt zählt Maní die Schritte, die sie nachtanzen sollen. Zu spät wird ihm bewusst, dass er dieses Mal nicht die Frauenschritte tanzen muss, weshalb er sich direkt am Anfang vertanzt.

„Wie habt ihr das denn geschafft?", fragt Fabi lächelnd, als er sieht, wie sehr Felix sich vertanzt hat.

„Ich habe die Frauenschritte getanzt…", gibt der Angesprochene zu.

„Felix geht seinem Tanzpartner nur bis zur Schulter und musste in England immer die Frauenschritte tanzen.", erklärt seine Schwester ihrem Tanzlehrer.

„Okay, kannst du deine Schritte?" Die Frage ist an Leni gerichtet, welche schnell nickt. „Sehr gut. Dann wiederholt die Figur nochmal und ich zähle Felix' Schritte." Dankend nickt dieser und gemeinsam beginnen sie die Figur von vorne. Da Felix sich nun wirklich konzentriert, funktioniert es dieses Mal auch deutlich besser.

Nachdem sie die Figur noch drei Mal getanzt haben, endet das Lied, dass Maní angemacht hatte, als Fabi ihnen helfen gekommen ist. Während Maní noch etwas erklärt, nimmt Fabi Felix zur Seite.

„Du hast also in England die Frauenschritte getanzt?"

„Ja, mein Freund ist leider größer als ich und auch wenn ich beide Schritte gelernt habe, habe ich hauptsächlich die

Frauenschritte getanzt.", erklärt Felix, denn er weiß, dass es eher selten ist, dass Männer die Frauenschritte tanzen.

„Dann ist es auch logisch, dass du die Männerschritte vergessen hast, wenn du sie nicht wirklich vertiefen konntest."

„Aber ich merke heute auch wieder, dass ich gerne tanze und dass es mir Spaß macht."

„Ich könnte mir mittlerweile auch nicht mehr vorstellen, irgendwann einmal nicht mehr zu tanzen."

„Okay, wir machen mit Tango weiter!" Die Tanzlehrerin unterbricht das Gespräch von Felix und Fabi, weshalb der Tanzlehrer Felix zu seiner Schwester schiebt.

„Irgendwann fange ich sicher wieder an…", murmelt der junge Engländer, während er seiner Schwester die Hand hinhält.

**

„Du möchtest wieder mit dem Tanzen anfangen?" Leni bricht das Schweigen, sobald die Autotüren geschlossen sind und noch bevor ihr Bruder den Motor starten konnte.

„Ich wollte doch eigentlich nie aufhören, aber niemals würde ich ohne Juli tanzen wollen."

„Und was ist mit heute?"

„Du bist meine Schwester, Leni. Mit dir würde ich immer tanzen." Das Mädchen auf dem Beifahrersitz nickt und schweigt einige Zeit lang, um zu überlegen.

„Was wäre, wenn du einen Kurs mit Dora anfängst?"

„Das würde mir nicht viel bringen. Ich möchte auf dem alten Niveau tanzen und nicht mit den Männerschritten von vorne anfangen. Ich würde das nicht ablehnen, aber nicht von mir aus vorschlagen." Niemals würde Felix seiner jüngeren Schwester einen Wunsch nicht erfüllen, aber wie er Leni gesagt hat, möchte er lieber mit Julian tanzen. „Du brauchst auch gar nicht darüber nachdenken, Thea zu fragen, ob sie nicht mit mir einen Tanzkurs anfangen möchte." Leni nickt ertappt, denn genau darüber hatte sie gerade nachgedacht.

**

Pünktlich um 21 Uhr klingelt Felix' Handy. Nach einem gemeinsamen Abendessen mit Leni und ihrer Mum hatte er sich in seine Bibliothek zurückgezogen und sitzt nun dort an seinem Schreibtisch vor seinem Laptop. Ein Lächeln schleicht sich auf Felix' Lippen, als er seinen Freund auf dem kleinen Display lächeln sieht. Julian sitzt ebenfalls vor seinem Laptop, startbereit, um mit dem Schreiben zu beginnen.

„Hey Darling, wie war dein Tag?"

„Hey…", Felix spricht leise, fast vorsichtig, als würde sein Freund sich in Luft auflösen, wenn er lauter sprechen würde. „Mein Tag war ereignisreich. Ich glaube, das trifft es am besten."

„Wieso? Ist etwas passiert?", fragt Julian alarmiert.

„Nein, also ja, irgendwie. Aber nichts Schlimmes, keine Sorge. Es geht allen Tieren und Menschen gut."

„Okay… Aber was war dann?" Julian scheint Felix noch nicht ganz zu glauben, dass tatsächlich alles in Ordnung ist auf dem Ferienhof in Schweden.

„Lenis Freund liegt mit einer Grippe oder so krank im Bett und deshalb wurde ich heute Morgen von ihr und Mum überredet, mit zum Tanzen zu fahren. Leni wollte es nicht ausfallen lassen und außer mir kann niemand tanzen."

„Das klingt doch nach einem schönen Nachmittag. Wie war es denn, wieder auf der Fläche zu stehen? Du wolltest ja nicht allein wieder anfangen."

„Es hat echt Spaß gemacht. Der Kurs ist minimal unter unserem Niveau und Leni meinte, dass ich ab nächstem Jahr in ihrem Kurs einfach da weitermachen könnte, wo wir vor vier Jahren aufgehört haben. Der Tanzlehrer war begeistert davon, dass ich früher die Frauenschritte getanzt habe, auch wenn es mir kurz unangenehm war, weil es nur durch einen Fehler von mir aufgefallen ist. Die Tanzlehrerin ist auch sehr nett und sie gestaltet den Unterricht genauso wie wir ihn in England hatten." Felix merkt selbst, dass er vom Tanzen schwärmt und auch seinem Freund entgeht das nicht.

„Du weißt, dass du jederzeit in Schweden anfangen könntest zu tanzen? Nur weil ich nicht dabei bin, musst du nicht deine Hobbies aufgeben." Natürlich würde es Julian durchaus besser gefallen, wenn Felix nur mit ihm Tanzen würde, doch er ist nicht doof und merkt, dass es seinem Freund guttun würde, neben der Arbeit noch ein Hobby zu haben. Das Reiten wurde im Laufe der Jahre immer mehr zu dessen Beruf, weshalb es als Hobby den Kopf nicht mehr ganz frei macht.

„Ich weiß und es wurde mir heute auch schon öfter gesagt, aber es würde sich einfach falsch anfühlen. Ausnahmsweise mit Leni tanzen ist nicht das Problem, aber immer mit jemand anderem zu tanzen, kann ich nicht. Egal ob mit Thea oder jemandem, den ich noch nicht kenne."

„Ach Lixi… Bitte steh dir nicht selbst im Weg. Wenn du es wirklich nicht möchtest, ist das okay, aber nicht, wenn du es nur nicht tust, weil du mir nicht fremdgehen willst."

„Ich möchte es wirklich nicht. So zwischendurch, wenn Timo mal krank ist, habe ich kein Problem damit mit Leni zu tanzen oder wenn Thea mal anfängt und ihr Partner krank ist, aber anmelden würde ich mich nicht. Außerdem habe ich immer noch das Schreiben." Felix ist glücklich, dass Julian das Tanzen nicht als fremdgehen sehen würde, dennoch kann er sich nicht vorstellen, ohne seinen Freund wöchentlich die Fläche zu betreten. Und dann ist da noch das Schreiben. Es ist sein Beruf und sein Hobby, ähnlich wie das Reiten.

„Okay, dann ist es so. Gibt es sonst etwas, das in den letzten 24 Stunden passiert ist?"

„Nein, nichts Neues. Und bei dir? Du hast noch gar nichts erzählt." Etwas schuldig fühlt Felix sich, weil er so viel von sich gesprochen hat, doch Julian hatte gefragt, also musste er nun damit klarkommen.

„Ich habe nur etwas für die Uni getan und war einkaufen, weil Mum lange arbeiten musste. Dein Tag war also ereignisreicher und schöner."

„Wie kommst du denn mit deiner Arbeit voran? Hast du schon etwas geschrieben?"

„Geschrieben habe ich noch nichts, aber ich habe nach Literatur gesucht und einiges gefunden. Die ersten Sachen habe ich auch schon gelesen und mir Notizen gemacht. Mein Plan ist es, am

Ende einfach alles in einem herunterzuschreiben.", berichtet der junge Mann in England.

„Das klingt nach einem Plan. Du hast ja auch noch ein paar Tage Zeit."

„Das stimmt. Immer mit dem Ziel, am nächsten Tag zu dir zu fliegen. Ich habe heute direkt das Flugticket für den elften gebucht. Ich bin gegen Mittag bei dir, aber alles Genauere gebe ich dir dann durch, weil, so wie ich dich kenne, hast du bis dahin alles wieder vergessen."

„So vergesslich bin ich nicht. Es steht alles im Kalender, damit ich es nicht vergessen kann.", verteidigt Felix sich."

„Weiß deine Familie denn schon, dass ich zu euch komme?", fragt Julian schmunzelnd nach. „Ähm…", macht Felix nur und senkt den Kopf. „Das reicht als Antwort.", lacht sein Freund. Es ist klar gewesen, dass Felix dies vergessen hat. Es ist auch nicht das erste Mal, dass so etwas passiert und ehrlich gesagt, hätte es Julian mehr überrascht, wenn sein Freund seiner Familie Bescheid gesagt hätte.

Wenig später sitzen Julian und Felix schweigend vor ihren Laptops und arbeiten konzentriert an ihren Projekten. Julian an seiner Hausarbeit und Felix an seinem Roman. Es dauert nicht lange, bis Felix sein Word-Dokument mit Worten füllt, doch von einem Roman ist er weit entfernt. Seine Worte bilden das Konzept einer neuen Fantasy-Serie, die er schon länger schreiben wollte, jedoch hintenangestellt hat, um vorher endlich wieder einen Roman zu veröffentlichen. Mit Julian kann er sich kaum darüber unterhalten, denn dass er seine Werke veröffentlicht, hat er seinem Freund nie verraten.

„Wo sind denn schon wieder meine Würfel?", suchend sieht Felix sich auf seinem Schreibtisch um. Beim Aufräumen muss er den kleinen Beutel mit den Würfeln in seinem Regal verstaut haben, aber um das jetzt zu suchen, müsste er aufstehen und dafür ist er eigentlich zu faul.

„Kann man dir helfen?", schmunzelt Julian. Durch Felix' Frage ist er wieder im Hier und Jetzt angekommen und beobachtet nun seinen Freund dabei, wie dieser die Ordnung auf seinem Schreibtisch gänzlich zerstört.

„Ich kann mich nicht entscheiden, in welcher Reihenfolge meine Ideen in die neue Geschichte kommen sollen."

„Und was bringen dir die Würfel dabei?", Julian kann sich nicht wirklich vorstellen, wie ein Würfel bei dieser Entscheidung helfen kann.

„Naja, wenn die Ideen zeitlich unabhängig vorkommen können, überlasse ich es gerne dem Zufall, in welcher Reihenfolge sie geschehen sollen."

„Soll ich den Würfel spielen? Du sagst mir die Zahlen und ich bringe sie in eine neue Reihenfolge.", bietet sein Gesprächspartner an.

„Wenn du mir helfen möchtest, gerne. Es sind auch nur die Zahlen von eins bis fünf."

„Natürlich. Fang mit der drei an, dann die eins, dann die zwei und dann die fünf und zuletzt die vier."

„Dankeschön." Felix lächelt in die Kamera und sortiert in seinem Dokument die Ideen in Julians Reihenfolge.

„Was schreibst du denn diesmal? Also welches Genre, mehr erzählst du mir sonst auch nicht."

„Stimmt, ich teile meine Geschichten ungern. Aktuell baue ich das Konzept für eine neue Fantasy-Serie."

„Spannend. Irgendwann, wenn wir ganz alt sind, musst du mich alles lesen lassen."

„Natürlich!", innerlich hofft Felix, dass Julian schon viel früher erfahren wird, was er schreibt, denn gelesen hat er alles davon.

Schweigend arbeiten sie weiter, bis Julian sie diesmal unterbricht: „Es ist schon nach Mitternacht hier in England! Wir sollten dringend schlafen gehen." „So spät schon? Ich wollte eigentlich um acht Uhr aufstehen…", Felix ist ebenfalls erschrocken, denn bei ihm ist es eine Stunde später und als er das letzte Mal auf die Uhr gesehen hat, war es bei ihm erst halb zwölf. „Dann sollten wir wirklich schlafen gehen. Hören wir uns später zur gleichen Zeit?" „Natürlich. Ich habe lange nicht mehr so produktiv gearbeitet." „Siehst du, dann bringt es etwas, wenn wir gemeinsam arbeiten."

Nachdem die beiden ihre Dokumente gespeichert und die Laptops heruntergefahren haben, machen sie sich schnell bettfertig. Erst als sie beide im Bett liegen, verabschieden sie sich voneinander: „Gute Nacht Darling. I love you." „I love you, too Lixi."

Chapter 4

Der nächste Morgen kam natürlich viel zu früh, doch das konnte Felix leider nicht ändern. Seinen Wecker hatte er in der Nacht noch von acht Uhr auf neun Uhr verstellt, sodass er sich nun schnell fertig macht, um zum Frühstück zu gehen. Um zehn Uhr muss er im Stall stehen und die Pferde für den Ausritt zuteilen.

„Wolltest du nicht um acht Uhr aufstehen?", wird Felix in der Küche von seiner Mum begrüßt. „Doch, aber ich habe viel zu lange telefoniert und ich bin immer noch pünktlich." „Ich meckere doch gar nicht.", verteidigt Isabelle sich lächelnd.

„Und ich wollte noch Bescheid sagen, dass wir vom elften bis zum 20. Dezember Besuch bekommen. Das habe ich gestern vergessen zu erzählen."

„Okay, dann plane ich das nachher mit ein, wenn ich den Dezember plane. Wie geht es ihm denn, er müsste doch bald mit dem Studium fertig sein." Felix hatte Julians Namen gar nicht genannt und doch wusste seine Mum sofort, von wem die Rede ist. „Es geht ihm ganz gut. Gestern hat er die letzte Abgabe begonnen und muss diese am zehnten Dezember abgeben, deshalb ist er ab dem elften hier."

„Das freut mich. Du hast dann in dem Zeitraum ein paar Tage frei, dann kannst du die Zeit mit ihm genießen. Ganz frei wird nur wahrscheinlich nicht funktionieren."

„Natürlich. Wir wollten einen Tag nur zu zweit ausreiten, aber auch gemeinsam die Ausritte leiten.", erklärt Felix seiner Mum die Pläne, die er mit Julian gemacht hat.

Mit seinem Essen setzt Felix sich wenig später an den Küchentisch zu seinen Schwestern: „Guten Morgen." „Guten Morgen.", lautet die Antwort der vier Mädchen.

„Thea? Kannst du heute ausnahmsweise allein das Putzen betreuen? Ich muss noch kurz telefonieren. Beim Zuteilen kann ich gerne helfen und ich bin auch in der Nähe, aber ich darf das nicht vergessen." „Natürlich. Erzählst du mir nachher genauer davon?", stimmt die 16-Jährige zu. Felix nickt, wohlwissend, dass

Thea ihn sonst so lange nerven würde, bis er von allein anfangen würde zu erzählen. Seine anderen Schwestern interessieren sich nicht so sehr für Felix' Leben und vor allem nicht für die Teile davon, die noch in Planung sind. Theodora hatte schon früh mehr Interesse an Felix' Leben gezeigt, als dieser eigentlich gerne hätte. Dennoch muss er zugeben, dass es fast nichts gibt, was er gegen die Bindung zu seiner Schwester tauschen würde.

Annalena, Arya und Zoe verlassen die Küche, kurz nachdem Felix sich zu ihnen an den Tisch gesetzt hat. „Los! Erzähl!" „Du bist ein wenig zu begeistert davon, dass ich gleich telefonieren muss.", lacht Felix. „Ich habe heute Nacht lange mit Julian telefoniert und während er etwas für die Uni geschrieben hat, hatte ich eine Idee für eine neue Fantasy-Serie. Eigentlich arbeite ich ja an einem Roman, aber wenn mir gar nichts einfällt, muss ich eben mit dem Arbeiten, was ich habe. Das Problem daran ist, es hat Spaß gemacht und ich habe eventuell den ganzen Plot fertig."
„Moment!", unterbricht Thea überrascht. „Den ganzen Plot?"
„Ja. Den ganzen Plot. Es fehlen nur noch einige Namen."
„Und wo ist da das Problem?"
„Es ist kein Roman und ich habe Helene gesagt, dass ich mich erst nach dem Roman wieder bei ihr melden werde. Deshalb muss ich sie gleich in ihrer offenen Sprechstunde anrufen, dann kann sie sich Gedanken machen und mich irgendwie in ihr Programm für nächstes Jahr aufnehmen."
„Du kannst ihr ja das Projekt vorstellen und sagen, dass du nebenher trotzdem an dem Roman arbeiten möchtest, dann weiß sie, dass sie mehr Zeit hat und du brauchst keine Ausreden, um an dem Roman zu schreiben." Die Idee seiner Schwester bringt Felix zum Nachdenken und je länger er darüber nachdenkt, desto mehr muss er feststellen, dass Theas Vorschlag ein guter Plan ist. So kann er seine Lektorin von Anfang an einbeziehen, ohne zu viel von ihr zu verlangen. „Danke.", murmelt Felix, räumt sein Frühstückgeschirr weg und begibt sich in sein Zimmer, um sich für den Ausritt fertigzumachen.

***

Wenig später hat er den Gästen die Pferde zugeteilt und sich in die Box von Draumur zurückgezogen, um in Ruhe zu telefonieren. Die Nummer von Helene ist schnell gewählt und noch bevor Felix nach einer Bürste gegriffen hat, hört er es in seinem Handy tuten.

„Hallo Felix." An ihrer Stimme ist zu erkennen, dass Helene von seinem Anruf überrascht ist.

„Hallo Helene. Wie geht es dir?"

„Mir geht es gut und dir? Ich bin etwas überrascht von dir zuhören. Ich weiß ja, dass du schnell schreiben kannst, aber einen ganzen Roman in der kurzen Zeit, obwohl du keine Idee hattest? Bei Problemen mit deinen bereits veröffentlichen Büchern hätte ich sehr wahrscheinlich vor dir davon gehört und mich dann mit dir in Verbindung gesetzt." Natürlich hat Helene Recht, wenn etwas mit seinen Werken passiert wäre, hätte seine Ansprechpartnerin vom Verlag vor ihm davon gehört oder zumindest zeitgleich und wäre dann auf ihn zugekommen.

„Mir geht es auch ganz gut. Ich habe nur ein kleines Problem beim Schreiben." „Und damit habe ich was genau zu tun?", Helene ist verwundert von Felix' Geständnis. Sie kennt ihn nur als motivierten und unermüdlichen Schreiber, der außerdem gerade für jemand anderen schreibt, da ihr Verlag nur Fantasy-Bücher veröffentlicht.

„Naja, von meinem Roman habe ich noch kein einziges Wort geschrieben, dafür aber letzte Nacht den kompletten Plot für den ersten Band einer neuen Fantasy-Serie. Und Ideen für wahrscheinlich zwei weitere Bände habe ich auch.", erklärt er seiner Lektorin.

„Ich dachte, du wolltest eine Pause von Fantasy machen."

„Wollte ich auch, aber ich hatte plötzlich die Idee und wollte sie gerne festhalten."

„Und wie möchtest du jetzt weiter vorgehen?"

„Ich würde dir das heute Nachmittag zuschicken, dann kannst du schauen, ob die Idee tragbar ist. Wenn du dem zustimmst, würde ich anfangen zu schreiben und dir dann kapitelweise alles zukommen lassen. Das wird dann ein ganz entspanntes Projekt, wenn du damit einverstanden bist. Wenn ich endlich eine Idee für einen Roman habe, würde ich die Arbeit daran vorziehen." Dankbar für Theas Vorschlag, berichtet Felix Helene von seinem Plan.

„Das klingt nach einem guten Plan. Ich würde mich am Montagvormittag bei dir melden, dann können wir über den Plot reden." Helene klingt nicht genervt, anders als er es erwartet hatte, denn schließlich hat sie nun mehr Arbeit und das nur, weil Felix sich nicht überwinden kann einen Roman zu schreiben.

„Danke Helene. Du weißt, es bedeutet mir viel, dass du dir die Zeit nimmst, meine Ideen zu lesen."

„Das ist mein Job, aber ich lese gerne deine Ideen. Deine Bücher gehören zu den besten, die in den letzten Jahren diesen Verlag verlassen haben." Es stimmt, Felix hat einen Bestseller nach dem anderen geschrieben.

„Danke… Ich schicke dir heute Nachmittag alles." Er versucht schnell vom Thema abzulenken, es ist ihm nach wie vor unangenehm gelobt zu werden für etwas, das er geschaffen hat.

„Mach das, Felix. Und stress dich nicht, unter Druck kannst du keine guten Romane schreiben. Das ist nicht anders als bei Fantasy."

Nachdem Felix sich ein weiteres Mal bei seiner Lektorin bedankt hat, verabschieden sie sich voneinander, weshalb der Autor die Hufe von Draumur auskratzt und sein Pferd dann zu den anderen auf den Putzplatz führt. Schnell muss Felix feststellen, dass Theodora und die Gäste bereits aufbruchsbereit sind. „Thea? Kannst du meinen Helm mitbringen, wenn du deinen holst? Ich muss noch schnell trensen." Das Nicken seiner Schwester lässt Felix erleichtert aufatmen, sie können also in etwa fünf Minuten aufbrechen, sobald seine Schwester zurück ist.

Theodora kommt genau in dem Moment zurück, als ihr Bruder Draumur aufgetrenst hat, reicht ihm seinen Helm und fordert dann die Gäste auf, ihre Pferde zu nehmen, damit sie aufbrechen können. Gemeinsam helfen die Geschwister allen Gästen, die Hilfe benötigen, auf die Pferde, bevor sie selbst ebenfalls aufspringen. Während alle anderen mit Sätteln unterwegs sind, sitzt Felix auf dem blanken Pferderücken. Es kommt nicht selten vor, dass er auf den Sattel verzichtet. Er hat das Reiten so gelernt, Draumur mag den Sattel nicht allzu gern und für ihn übermittelt das Gefühl vom Galoppieren ohne Satteln viel mehr Freiheit. Während seine anderen Geschwister nicht freiwillig ohne Sattel reiten würden, sitzt auch Theodora gerne ohne Sattel auf dem Pferd, jedoch nur, wenn sie ohne Gäste unterwegs sind.

Aufgrund des Wetters mussten die Geschwister den ersten Ausritt frühzeitig beenden und den zweiten ausfallen lassen. Nach dem Mittagessen verzieht Felix sich also in sein Zimmer, schickt Helene den Plot von seiner neuen Fantasy-Serie und setzt sich dann mit dem Handy in der Hand auf sein Bett. Mit Julian kann er erst am Abend telefonieren, weshalb er sich dazu entscheidet mit Jonas und Elias zu telefonieren. Zuerst wählt er Jonas' Nummer, da es wahrscheinlicher ist, dass dieser am frühen Nachmittag ans Telefon geht. Elias kann er besser am späten Nachmittag anrufen.

Bereits nach dem zweiten Klingeln nimmt Jonas überrascht den Anruf entgegen. „Felix? Alles in Ordnung bei dir? Du hast dich schon ewig nicht mehr gemeldet."

„Ich weiß, es tut mir leid. Ich habe euch nicht vergessen, habe oft nur wenig Zeit und telefoniere dann meist mit Julian. Heute habe ich viel Zeit und dachte mir, ich melde mich mal wieder bei meinen besten Freunden."

„Wir nehmen dir das auch nicht übel, Felix. Mach dir da keine Gedanken, du fehlst uns hier nur trotzdem." Jonas klingt nicht böse oder enttäuscht, eher traurig, dass es so weit gekommen ist. „Ihr fehlt mir auch."

„Jetzt haben wir den sentimentalen Scheiß hinter uns. Kann ich Elias dazuholen, der ist gerade hier, wir wollen später zusammen feiern gehen?" „Natürlich.", schmunzelt Felix.

Keine Sekunde später ruft Jonas viel zu laut durch seine Wohnung nach ihrem gemeinsamen Freund. „Ist alles in Ordnung, Jonas?" Elias klingt besorgt, als Felix ihn durch das Telefon sprechen hört. „Unser verlorener Freund hat mich angerufen und möchte auch mit dir reden.", erklärt Jonas sein Rufen.

„Felix?"

„Ja?", antwortet dieser auf der anderen Seite des Telefons vorsichtig.

„Wie geht es dir? Du hast dich Ewigkeiten nicht gemeldet."

„Mir geht es eigentlich ganz gut. Hier läuft es mittlerweile sehr gut und ich habe jetzt immer häufiger mal Zeit. Ich melde mich dann auch wieder häufiger bei euch, ihr fehlt mir, auch wenn ich hier nicht mehr wegwollen würden.", erklärt Felix seine Situation.

„Was gibt es denn bei euch Neues?

„Nicht so viel. Das Studium läuft ganz okay, im nächsten Jahr sind wir dann fertig.", erklärt Jonas.

„Du hast gesagt, du würdest Schweden nicht wieder verlassen wollen. Würdest du uns trotzdem irgendwann mal besuchen kommen?", fragt Elias, der Felix wohl genauer zugehört hat als Jonas.

„Natürlich komme ich euch mal besuchen, nur dieses Jahr funktioniert das nicht mehr. Am besten wäre es vermutlich zwischen der Winter- und der Sommersaison. Wenn im Frühjahr alle Tiere auf der Wiese sind und keine Ausritte stattfinden. Lasst uns das genauer planen, wenn ich absehen kann, wann ich hier wegkomme."

„Okay, dann bin ich beruhigt, ich dachte, wir sehen dich hier in England nie wieder. Du kannst dich ja einfach melden, wenn du weißt, wann du uns besuchen würdest. Ich wette, Julian hat Platz für dich und wenn nicht, kommst du eben zu einem von uns." Felix stimmt Elias' Vorschlag zu, bevor sie das Thema wechseln und über zusammenhangslose Dinge reden.

Erst als Felix zum Abendessen muss, verabschieden die Freunde sich voneinander. „Ich melde mich bei euch, mindestens einmal in der Woche.", verspricht er, bevor sie auflegen.

Chapter 5

„Der Nikolaus war da!", hört Felix die Kinder der Gäste rufen, als er am Morgen die Eingangshalle betritt. Wie jedes Jahr, hat seine Mum für jeden Gast etwas in die Stiefel, die im Nebenraum stehen, gesteckt. Felix und seine Geschwister bekommen in ihren Stiefeln das gleiche wie die Gäste, während das größere Geschenk auf ihrem Platz in der Küche liegt. In der Küche wird er von seinen Eltern und einem gedeckten Tisch erwartet. Von seinen Schwestern fehlt jede Spur, doch es wird sehr wahrscheinlich nicht lange dauern, bis auch sie ihren Weg in die Küche finden.

„Guten Morgen.", begrüßt Felix seine Eltern. „Was ist heute geplant?" In seinem Plan steht ein freier Tag, der dennoch von Isabelle geblockt wurde.

„Wir frühstücken zunächst gemeinsam, dann wäre es nett, wenn du mit Moritz in den Stall gehst und ihr die Tiere versorgt. Gegen Mittag machen wir zu siebt einen Ausritt und schmücken danach die Weihnachtsbäume."

„Das klingt nach einem schönen Tag. Die Gäste fahren nach dem Frühstück?" „Genau.", bestätigt Isabelle, als ihre Töchter gerade die Küche betreten und sich auf ihre Geschenke stürzen.

Nach dem Frühstück schnappt Felix sich sein Geschenk und holt auf dem Weg in sein Zimmer noch die Süßigkeiten aus seinem Stiefel. Während die Süßigkeiten schnell ihren Platz auf der Kommode, in der er seine Reitsachen lagert, finden, landet das kleine Geschenk zunächst auf dem Bett. Schnell zieht Felix sich um, damit er im Stall nicht seine gute Kleidung dreckig macht und setzt sich dann mit dem Geschenk in der Hand auf sein Bett. Vorsichtig öffnet er das Geschenkpapier und hält einen dunkelblauen Umschlag in der Hand, den er ebenfalls vorsichtig öffnet.

„Nein…", murmelt er überrascht, als er zwei Konzerttickets und ein Flugticket aus dem Umschlag holt. Das Flugticket ist für ihn, damit er gemeinsam mit Julian in London zu ihrer Lieblingsband gehen kann.

„Guten Morgen Darling und frohen Nikolaus. Eigentlich hatten wir uns auf keine Geschenke geeinigt und ich hatte auch geplant, mich daran zu halten, abgesehen von einem kleinen Schokonikolaus, der hier auf dich wartet, ABER Mama und Papa haben sich etwas überlegt. Lässt du mich vom zehnten bis zum siebzehnten Januar bei dir schlafen? Ich habe ein Flugticket für die Zeit und das Beste, das dich jetzt auch mehr betrifft: Am Freitag, den zwölften Januar haben wir Konzerttickets! Welches Konzert es ist, erfährst du dann. I love you und bis später."

Als Felix die Sprachnachricht an seinen Freund abgeschickt hat, verlässt er schnell sein Zimmer, um Moritz im Stall zu helfen, jedoch nicht ohne einen Umweg durch die Küche, wo er seine Mum in den Arm nimmt und sich für das großartige Geschenk bedankt. „Danke für die Tickets.", bedankt Felix sich auch bei seinem Stiefvater, als er ihn im Stall antrifft, bevor er ihm beim Füttern hilft.

Nachdem alle Pferde versorgt wurden, Isabelle die Gäste verabschiedet hat und auch Felix' Schwestern endlich auf dem Hof angekommen sind, suchen sie sich ihre Pferde und machen diese für den Ausritt fertig. Für den Familienausritt wählt Felix Draumur, auch wenn er eigentlich geplant hatte, an dem einzigen Tag ohne Gäste, bevor Julian kommt, Dimma zu reiten. Damit die Rappenstute trotzdem Bewegung bekommt, entscheidet er spontan, dass sie einfach nebenherlaufen soll. Es hat Vorteile, wenn alle Pferde ich untereinander gut verstehen.

Gegen elf Uhr verlässt die gesamte Familie zu Pferd den Hof. Arya, Zoe und Annalena reiten vorweg, hinter ihnen reiten Moritz und Isabelle nebeneinander und Theodora bildet neben Felix mit ihm das Schlusslicht. Dimma läuft brav neben Draumur her und folgt aufmerksam dem Gespräch von Felix und seiner jüngeren Schwester.

„Was hast du zu Nikolaus bekommen?", beginnt Felix das Gespräch.

„Zwei neue Reithosen. Meine waren zu klein oder mittlerweile wasserdurchlässig. Und du?"

„Das ist ein sehr sinnvolles Geschenk. Ich habe Tickets für ein Konzert bekommen und einen Flug nach London. Direkt im Januar fliege ich und verbringe meine Zeit dann bei Juli."

„Weiß Julian denn schon davon?"

„Ich habe ihn in einer Sprachnachricht gefragt, ob ich in der Zeit bei ihm wohnen kann, und ich habe ihm gesagt, dass wir Konzerttickets haben. Welches Konzert es ist, weiß er noch nicht, weil es unsere Lieblingsband ist und das eine schöne Überraschung für ihn ist. Außerdem habe ich ihm gesagt, dass ich die Sachen geschenkt bekommen habe, weil wir uns auf keine Geschenke geeinigt haben."

„Felix? Können wir auch schneller reiten, wenn Dimma mitläuft?" Isabelle unterbricht das Gespräch ihrer Kinder. „Natürlich. Sie läuft einfach nebenher und dürfte eigentlich auch niemanden überholen. Bisher ist sie immer bei Draumur geblieben.", erklärt Felix seiner Mutter. „Dann reitet ihr doch vor." „Okay."

Felix und Theodora überholen ihre Eltern und ihre Geschwister im langsamen Trab. Dimma folgt ihnen wie erwartet. „Dann würden wir losgehen. Mal sehen, wann wir wieder langsamer werden.", entscheidet Thea und als alle zugestimmt haben, gibt sie ihrem Pferd die Galopphilfe.

Felix kann natürlich nicht zulassen, dass seine jüngere Schwester allein vorweg galoppiert und treibt seinen Schimmel schnell hinterher. Im Augenwinkel sieht er Dimma mitlaufen, was ihn lächeln lässt. Die Stute seines Freundes hat sich super entwickelt, wenn er zurückdenkt an die Anfangszeit, noch in England, als es fast unmöglich war, sie allein zu halten und wie schwer es war, ihr beizubringen, auf Hilfen zu reagieren. Und jetzt, jetzt läuft sie nur mit einem Halfter neben ihm durch das weite Gelände von Schweden.

Sie werden erst langsamer, als dicke Flocken vom Himmel fallen und die Sicht sich verschlechtert. Sobald sie stehen, dreht Felix sich suchend um. Dimma ist brav neben Draumur zum Stehen gekommen und schnaubt einmal, bevor sie ihre Aufmerksamkeit wieder auf Felix legt. Auf seiner anderen Seite kommt seine Schwester zum Stehen und lobt ihr Pferd Munin. Von seinen Eltern und anderen Geschwistern ist weit und breit nichts zu sehen.

„Wo sind die anderen? Wir sind diesmal doch sogar auf dem Weg geblieben."

„Ich weiß es nicht. Am besten reiten wir zurück und schauen, wann wir ihnen begegnen." Felix versucht seine Unsicherheit zu verstecken, denn Thea hat Recht, wären sie nur zu zweit unterwegs, hätten sie den Weg verlassen und wären querfeldein geritten. Da die Sicht von Minute zu Minute schlechter wird, befestigt Felix an Dimmas Halfter den Strick, den er vorsichtshalber mitgenommen hatte.

„Wir bleiben aber im Schritt, oder?", fragt Thea ihren Bruder.

„Natürlich. Wir sehen doch kaum noch etwas. Es wäre viel zu gefährlich jetzt schneller zu reiten. Wenn wir die anderen nicht finden, reiten wir langsam nach Hause."

„Okay. Was meinst du, wo finden wir sie?"

„Ich kann mir vorstellen, dass sie an der Wegkreuzung, wo wir immer schräg nach links abbiegen, geradeaus gegangen sind, weil das der kürzeste Weg nach Hause ist. Ich hoffe zumindest, dass das der Fall ist."

„Das wäre eine gute Erklärung, aber dann müssen sie ja sehr weit hinter uns gewesen sein, um nicht mitzubekommen, wo wir abgebogen sind.", merkt Thea an.

„Das ist der Grund, weshalb ich Zweifel habe, wir waren doch gar nicht so schnell.", erklärt Felix seine Zweifel. „Wobei wir bedenken müssen, Zoe und Arya saßen schon lange nicht mehr auf dem Pferd und auch Leni reitet eigentlich deutlich langsamer als wir."

Im Schritt reiten sie den Weg zurück bis zu der genannten Wegkreuzung. „Wir reiten jetzt auf dem kürzesten Weg nach Hause. Wir sehen kaum noch etwas und wenn zuhause niemand ist, machen wir uns später noch einmal auf den Weg und suchen die anderen. Es wäre zu gefährlich hier jetzt weiter zu suchen.", entscheidet Felix.

„Das macht Sinn. Ich reite langsam hinter dir her.", stimmt Theodora zu. „Nein, du reitest vor. Du kennst den Weg und so kann ich sehen, ob dir etwas passiert.", widerspricht der Ältere und lenkt Draumur hinter Munin, um zu kontrollieren, dass seine Schwester sicher zuhause ankommt. Dass Dimma auch in dieser Situation brav am Strick neben ihnen herläuft, macht Felix irgendwie stolz und er beschließt später noch mit Julian darüber zu sprechen.

Mit jedem Meter, den sie ihrem Zuhause näherkommen, wird Felix nervöser. Sie haben keinen Hinweis darauf, dass ihre Eltern bereits dort sind. Und als er am Eingangstor niemanden sieht, bestätigt sich seine Sorge. Zumindest ihr Vater hätte dort gewartet. „Vielleicht sind sie auch gerade erst angekommen und warten im Stall.", Theodora versucht sich selbst zu beruhigen. „Lass uns Dimma, Draumur und Munin in den Stall bringen und die Herde zusammenrufen, wenn sie dann noch nicht da sind, setzen wir uns rein, trinken eine heiße Schokolade und versuchen sie anzurufen.", schlägt der Ältere vor, als sie den leeren Stall betreten. „Okay.", nickt Thea, da sie keine bessere Idee hat, vertraut sie ihrem Bruder.

Ihre Pferde sind schnell in den Boxen und abgetrenst. Dimma bleibt aufgehalftert und Felix entscheidet sich dazu, Draumur ebenfalls zu halftern, damit sie schnell loskönnen. Für ihn wäre es nicht das erste Mal, dass er nur mit Halfter und Strick losreitet. Seine Schwester hat in der Zeit alle anderen Boxentüren geöffnet, damit sie nun nur noch das große Stalltor öffnen müssen, welches direkt an die Wiese grenzt.

Das schwere Tor lässt sich erstaunlich leicht öffnen, dafür dass es so alt ist, doch Felix ist dankbar dafür, obwohl er sich normalerweise darüber wundern würde. Er wird erneut überrascht, als er die Herde nur wenige Meter vor dem Stall auf der Wiese stehen sieht. Eigentlich mögen sie das Wetter und er hatte damit gerechnet, dass sie die Pferde von dem entferntesten Punkt des 10 Hektar Geländes holen müssen. Von allein bewegt die Herde sich auf sie zu und sortiert sich selbst in die Boxen. Seine Schwester zählt die Tiere durch und stellt erstaunt fest, dass alle da sind, abgesehen von denen, die ihre Eltern und Geschwister mit im Gelände haben.

„Was machen wir denn jetzt?", fragt Thea mit zittriger Stimme, als sie mit heißer Schokolade vor der Heizung im Speisesaal sitzen. Den Stall haben sie sicher verriegelt und alle Boxen geschlossen.

„Ich weiß es nicht. Versuch du mal Mama anzurufen, ich probiere es bei Papa. Danach rufen wir Leni und die Zwillinge an, vielleicht erreichen wir jemanden."

„Und was, wenn nicht?"

„Das überlegen wir dann. Es wird alles gut, Thea."

Gesagt, getan. Isabelles Handy klingelt in der Küche, weshalb Thea direkt ihre ältere Schwester anruft. Felix hat bei Moritz nicht viel mehr Glück, denn auch, wenn dessen Handy nicht in der Küche klingelt, geht er ebenfalls nicht ran. Annalenas Handy scheint keinen Empfang zu haben, denn der Anruf geht nicht einmal durch. „Lenis Handy ist aus oder sie ist mitten im Wald oder im Steinbruch.", berichtet Thea von ihrem nächsten Misserfolg.

Felix wählt Aryas Nummer und hat diesmal mehr Erfolg. Nach dem ersten Klingeln ertönt die verweinte Stimme seiner Schwester aus dem Hörer. „Felix?"

„Arya! Was ist passiert? Wo seid ihr?"

„Zoe und ich sind allein auf dem Feld neben der Galoppstrecke. Zoe ist gefallen und kommt nicht wieder aufs Pferd, wenn ich ihr hochhelfe, komme ich nicht mehr hoch. Mama und Papa gehen nicht an ihr Handy. Wo seid ihr alle?"

„Thea und ich sind zuhause, wir kommen euch aber abholen. Keine Sorge. Wo die anderen sind, wissen wir auch nicht, wir haben dich jetzt als letztes angerufen. Geht es Zoe denn gut?"

„Sie kann nicht richtig laufen und ihr ist kalt, aber sonst ist alles gut."

„Sehr gut. Dann steigst du jetzt auch ab und nimmst bitte beide Ponys am langen Zügel in die Hand. Wir kochen euch eine heiße Schokolade und kommen euch abholen. Könnt ihr euch so stellen, dass wir euch vom Weg sehen können?"

„Machen wir, beeilt euch.", fleht Arya, bevor sie auflegt.

„Ich erkläre dir unterwegs alles. Du kochst bitte für die Zwillinge heiße Schokolade und bringst sie in Thermosflaschen mit nach draußen. Ich mache die Pferde fertig und packe noch Decken ein." Felix gibt ungern Anweisungen, vor allem an seine

Schwestern, doch jetzt muss er eine Ausnahme machen zum Wohl der Jüngsten.

Wenig später reiten die Geschwister im Tölt durch den Schnee. Felix hat Dimma zwei Gepäcktaschen auf den Rücken geschnallt. In diesen sind zwei Decken, zwei Stricke und zwei Halfter, ebenso wie die Thermosflaschen mit heißer Schokolade. Einen Strick hat er sich über die Schultern geworfen, falls er Dimma führen muss. In Felix' Augen zieht sich die Strecke ewig, obwohl sie nach knapp 15 Minuten traben an der Galoppstrecke ankommen. „Wir bleiben langsam.", mahnt Felix die Pferde und seine Schwester, der er bis gerade erklärt hatte, was Arya ihm am Telefon erzählt hat.

„Da vorne stehen zwei Pferde.", macht Theodora ihren Bruder auf die Tiere am rechten Wegesrand aufmerksam. „Dann los, bis dahin können wir schneller." Etwa 100 Meter später bremsen Thea und Felix ihre Pferde und steigen ab, um ihren jüngsten Geschwistern zu helfen.

„Felix!", ruft Zoe aus dem Schnee. Arya hatte die Pferde zu ihrer älteren Schwester geführt und war dieser sofort in den Arm gefallen.

„Es ist alles gut, Zoe. Wir sind da und bringen euch nach Hause. Kannst du reiten?"

„Nicht allein, glaube ich. Ich kann nicht laufen.", erklärt das junge Mädchen.

„Was tut dir denn weh?"

„Nur mein Bein, aber am Oberschenkel und im Fuß."

„Dann helfe ich dir jetzt aufs Pferd, du kuschelst dich mit heißer Schokolade in eine Decke und hältst dich an der Mähne fest.", erklärt Felix Zoe seinen Plan und hebt sie vorsichtig aus dem Schnee. Kaum sitzt das Mädchen auf dem Pferd, wickelt Theodora sie in eine Decke und reicht ihr eine heiße Schokolade, während Felix Snugg aufhalftert. Auch Arya wickelt sich auf dem Pferd in eine Decke, während Thea Snerpa aufhalftert. Aus Sicherheitsgründen hat Felix sich dazu entschieden, Snugg und Snerpa als Handpferde nach Hause zu bringen, damit die Zwillinge sich unter den Decken aufwärmen können.

Die vier Geschwister hatten den kürzesten Weg nach Hause gewählt und stehen ca. 30 Minuten später vor dem Stall. „Arya, Thea, bringt ihr die Pferde weg, ich bringe Zoe rein und koche Tee für alle." Ein einstimmiges Nicken ist die Antwort, weshalb Felix Zoe vom Pferd hebt und ins Haus trägt. Vorsichtig setzt er sie vor dem Kamin ab und zündet ein kleines Feuer, damit es wärmer wird. „Legst du gleich einen Holzscheit nach, dann gehe ich in die Küche und koche Tee."

„Es ist immer noch niemand zuhause.", stellt Thea fest, als sie gemeinsam vor dem Kamin sitzen und ihren Tee trinken. „Es ist schon dunkel draußen, irgendwas muss passiert sein." Abgesehen von dem Fakt, dass es gar nicht richtig hell wird, ist es bereits 16 Uhr, weshalb auch Felix sich Sorgen macht. „Ich habe beim Teekochen nochmal versucht sie anzurufen, aber ich erreiche niemanden." „Was machen wir jetzt?", fragt Arya besorgt. „Du gehst duschen. Thea hilft Zoe mit ihrem Bein und geht dann selbst noch duschen. Ich versorge währenddessen die Tiere. Da morgen wieder Gäste kommen, müssen wir hier noch einiges machen." „Was machen wir, wenn sie bis zum Abendessen nicht da sind?", hakt das älteste Mädchen nach. „Das überlegen wir uns dann. Im Notfall reite ich heute Nacht nochmal los." „Das diskutieren wir dann nochmal, du kannst uns nicht allein lassen.", argumentiert Zoe.

Während seine Schwestern in die Badezimmer verschwinden, begibt Felix sich in den Stall, um das Futter für die Pferde vorzubereiten. Erneut versucht er, seine Eltern und Annalena zu erreichen, ebenfalls ohne Erfolg. Um nicht die Nerven zu verlieren, wählt er die Nummer seines Freundes.

„Felix? Ist alles in alles in Ordnung? Wir sind doch erst in fünf Stunden verabredet.", Julian klingt besorgt. „Nein, Mama, Papa und Leni sind weg und es ist mittlerweile dunkel." „Langsam Lixi. Was ist passiert?"

„Wir waren ausreiten, alle zusammen mit acht Pferden. Ich hatte Dimma freilaufend mit. Dann wollten wir galoppieren, Thea und ich vorweg mit Dimma, Draumur und Munin. Als der Schnee zu dicht wurde und wir kaum noch etwas sehen konnten, sind wir stehen geblieben. Dimma ist ein Traum, sie stand brav neben mir und hat sich auf mich konzentriert."

„Das freut mich zu hören, früher konnte sie ja keine Sekunde stillstehen."

„Ich war auch sehr stolz. Bis zu dem Moment, in dem Thea und ich festgestellt haben, dass wir allein sind.", berichtet Felix weiter, während er die fertigen Futterportionen wegräumt, damit er diese am Abend einfach verfüttern kann.

„Und jetzt ist Zoe verletzt und Mama, Papa und Leni immer noch nicht zuhause. Normalerweise kommen irgendwann die Pferde zurück und zwei der drei kennen der Weg auf jeden Fall. Sie wären zu dritt hier angekommen.", beendet Felix seinen Bericht.

„Das klingt nicht gut. Ich würde vorschlagen, du gehst jetzt ins Haus und schaust dir das Bein deiner Schwester an, wenn ihr damit nicht zwingend jetzt zum Arzt müsst, setzt du sie ins Kaminzimmer. Wenn ihr zum Arzt müsst, fahrt ihr zum Arzt. Ansonsten baust du die Weihnachtsbäume auf und lässt sie von deinen Schwestern schmücken, die bekommen das hin. Du könntest dann mit Zoe kochen, weil sie ja nicht laufen kann, kann sie dir bestimmt in der Küche helfen. Sie würde sich freuen, ist abgelenkt und du musst nicht allein kochen. Wenn Isa, Moritz und Leni zum Abendessen nicht da sind, meldest du dich einfach nochmal bei mir, dann finden wir dafür auch eine Lösung, am besten legst du vorher Arya und Zoe schlafen."

„Danke Juli. Ich wüsste nicht, was ich ohne dich tun würde."

„Vermutlich die Nerven verlieren.", antwortet Julian. „Das kann gut sein. Bis später. Ich liebe dich." „Ich liebe dich auch. Auf deine WhatsApp antworte ich später auch noch." Mit diesen Worten legt Julian auf, bevor Feix noch etwas sagen kann.

„Naja, was soll ich sonst tun?", fragt Felix in Richtung Dimma und Draumur, bevor er den Stall verlässt und im Haus nach seinen Schwestern sucht. Arya und Zoe findet er im Kaminzimmer vor dem Kamin. „Wo ist Thea?", wendet er sich an die jungen Mädchen. „Duschen.", lautet die Antwort der beiden. „Okay. Ich habe einen Plan für gleich. Zoe, kommst du kurz allein klar? Dann kann Arya mir kurz helfen." Ein Nicken reicht ihm als Antwort, um das andere Mädchen aufzufordern, ihm zu folgen.

„Wir müssen die Weihnachtsbäume aufbauen und schmücken. Kannst du die Kisten mit dem Schmuck nach und nach in die Eingangshalle bringen? Dann baue ich schon die Bäume auf, die du dann mit Thea schmückst. Zoe und ich kochen danach dann Abendessen für uns alle. Die Bäume in euren Zimmern würde ich nach dem Essen aufbauen, während ihr euch bettfertig macht. Ihr könnt dann vor dem Schlafen noch eure eigenen Bäume schmücken." „Das klingt nach einem schönen Plan.", freut Arya sich und greift nach der ersten Kiste. Felix beginnt ebenfalls mit der Arbeit und trägt den Karton des ersten Weihnachtsbaums in das Kaminzimmer, um ihn dort aufzubauen.

Nach einiger Zeit, die dank Theas Hilfe deutlich kürzer war, als Felix angenommen hatte, stehen alle Weihnachtsbäume und warten darauf, nun geschmückt zu werden. Gegen halb sieben trägt Felix seine Schwester in die Küche und setzt sie an der Arbeitsfläche auf einen Hocker, damit sie gemeinsam kochen können. „Können wir deine Suppe kochen?", fragt Zoe aufgeregt. „Natürlich.", lächelt Felix. *Seine Suppe*, wie Zoe sie nennt, ist schnell gekocht. Er hat sie das erste Mal zubereitet, als er für zwei Tage mit seinen Geschwistern allein war und Annalena krank war. Damals haben seine Eltern sich ihr jetziges Zuhause angesehen und sie danach mit dem Umzug überrascht.

„Fe! Du musst uns helfen.", unterbricht Arya ihre Geschwister, die gerade die Suppe abschmecken. „Wobei kann ich euch helfen?", fragt der Angesprochene. „Wir bekommen den Engel nicht allein auf die Baumspitze." „Was hältst du davon, wenn Zoe das machen darf? Sie konnte heute schließlich gar nichts machen." „Dann musst du uns trotzdem helfen, Zoe ist auch zu klein.", argumentiert Arya. Lächelnd nickt Felix und folgt mit Zoe auf den Schultern dem anderen Zwilling ins Kaminzimmer.

Mit Felix' Hilfe konnte Zoe den Weihnachtsengel auf die Buamspitze setzen, bevor sie alle gemeinsam gegessen haben und die Zwillinge in ihre Zimmer geschickt wurden, wo sie ihre eigenen Weihnachtsbäume schmücken dürfen. In der Zeit verlassen Felix und Theodora das Haus, um die Pferde zu versorgen. Gerade als sie fertig sind, öffnet sich die Stalltür und gibt Thea den Blick auf ihre Eltern und ihre ältere Schwester frei.

„Wo kommt ihr denn her?", richtet sie ihre Frage ein wenig vorwurfsvoll an ihre Eltern. „Wir sind irgendwo falsch abgebogen und sind dann lange durch die Gegend geirrt. Irgendwann kamen wir am Steinbruch an und haben dort den Schnee abgewartet. Im Dunkeln war es dann schwer nach Hause zu reiten.", erklärt ihr Vater. „Und warum ist niemand von euch an sein Handy gegangen?", mischt Felix sich ein. Auch er klingt etwas vorwurfsvoll, obwohl er erleichtert ist, dass niemandem etwas passiert ist.

„Mein Handyakku ist leer.", gesteht Moritz. „Mein Handy ist auf stumm." „Und meins liegt in der Küche.", ergänzt Isabelle. „Das haben wir gemerkt. Wir haben mehrfach versucht euch anzurufen. Felix und ich waren allein und haben dann die Zwillinge eingesammelt. Zoe muss morgen auf jeden Fall zum Arzt, sie kann nicht laufen.", berichtet Thea. „Außerdem habt ihr doch immer gesagt, dass wir niemals ohne Handy Ausreiten gehen sollen und dieses auch immer ausreichend aufgeladen und auf laut gestellt sein soll."

Felix nickt bestätigend und streicht Draumur abwesend über den Kopf. In Gedanken hat er sich bereits die schlimmsten Szenarien ausgemalt und auch wenn davon keines eingetreten ist, ist er nicht vollständig beruhigt. „In der Küche steht noch Suppe, die ihr euch noch aufwärmen könnt.", wirft er in den Raum, während seine Eltern und Annalena ihre Pferde in ihre Boxen stellen, wo bereits das Abendessen der Vierbeiner sie erwartet.

„Dankeschön. Wo sind denn die Zwillinge?", antwortet Isabelle.

„In ihren Zimmern. Wir haben schon gegessen und jetzt schmücken sie noch ihre Weihnachtsbäume, wobei ich glaube, dass Zoe eher lesen wird. Die Bäume im Kaminzimmer und in der Eingangshalle sind schon geschmückt. Die im Speisesaal sind nur aufgebaut.", erklärt Felix weiter. Erneut bedankt Isabelle sich für seine Hilfe, bevor ihr Sohn sich verabschiedet, um endlich duschen zu gehen.

Chapter 6

Mit einer heißen Schokolade hatte Felix sich nach dem Duschen in sein Bett verkrümelt. Er war kaputt gewesen vom Tag, auch wenn es ihm gar nicht so vorgekommen ist, ist es anscheinend sehr anstrengend gewesen. Normalerweise ist er nicht so schnell kaputt von einem langen Tag, doch die Ungewissheit und das gleichzeitige Starksein für seine Geschwister war Kräfte zehrend, weshalb er noch vor seinem abendlichen Telefonat mit seinem Freund eingeschlafen ist.

Als sein Wecker am nächsten Morgen klingelt, schreckt er hoch. So richtig wach ist Felix noch nicht, aber heute muss er zum Glück keinen Ausritt leiten. Dennoch entscheidet er sich dagegen, sich nochmal umzudrehen und einfach weiterzuschlafen. Stattdessen greift er nach seinem Handy, welches neben seinem Bett auf dem Nachttisch liegt.

4 ungelesene Nachrichten kann er auf dem Display lesen. Sein Freund fragt, ob alles in Ordnung ist und ob seine Eltern und seine Schwester wieder zuhause sind. Dann fragt er, ob sie noch telefonieren wollen, und wünscht ihm dann in einer letzten Nachricht eine gute Nacht, beziehungsweise einen guten Morgen. Auf die vorletzte Nachricht, eine Sprachnachricht, tippt Felix lächelnd.

„Ich hoffe, bei dir ist alles in Ordnung. Wahrscheinlich bist du aber einfach schon eingeschlafen und hörst dir das erst vor der Arbeit an. Ich wollte noch kurz auf deine Sprachnachricht eingehen, weil ich das bisher noch nicht geschafft habe. Ein Schokonikolaus ist tatsächlich ein akzeptables Geschenk für ‚Wir schenken uns nichts‘. Natürlich lasse ich dich im Januar hier wohnen, du lässt mich schließlich auch bei dir wohnen. Das Konzert klingt auch gut, wenn ich das richtig herausgehört habe, denkst du, dass es mir gefallen könnte und selbst wenn nicht, solange ich Zeit mit dir verbringen darf, ist alles gut. Wir hören uns dann morgen, du kannst ja einfach von deinem Abend berichten, wenn du wieder wach bist. I Love You!“

Mit einem Blick auf die Uhr wählt Felix Julians Nummer. Bei seinem Freund müsste es jetzt acht Uhr morgens, also genau die Zeit, zu der dieser immer aufsteht. Von seinem Abend möchte er nicht unbedingt in einer Sprachnachricht erzählen, weshalb er sich für das Telefonat entschieden hat.

„Guten Morgen Darling.", hört Felix die Stimme seines Freundes, welcher noch nicht lange wach zu sein scheint.

„Guten Morgen.", schmunzelt er. „Wie geht es dir?"

„Mir geht es gut, aber wie ist es bei dir?", antwortet Julian.

„Ich bin noch nicht ganz fit. Ich bin gestern sehr früh eingeschlafen und habe tatsächlich die ganze Nacht durchgeschlafen. Mama, Papa und Leni kamen gestern nach dem Abendessen nach Hause, als Thea und ich die Pferde gefüttert haben. Sie sind irgendwo falsch abgebogen und haben sich dann etwas verirrt.", erklärt Felix, wie sein gestriger Tag geendet hat.

„Aber es geht ihnen gut?", erkundigt Julian sich.

„Ja. Papa fährt gleich noch mit Zoe zum Arzt, während Mama die neuen Gäste empfängt. Ich habe heute frei und wollte nachher etwas schreiben, vorher sollte ich nur auf jeden Fall noch frühstücken."

„Das klingt doch gut. Weiß deine Mum mittlerweile eigentlich, dass ich in vier Tagen zu euch komme?"

„Ja, das habe ich ihr bereits im November erzählt.", antwortet Felix stolz.

„Bist du jetzt wirklich stolz darauf, dass du das erzählt hast?", hackt sein Freund schmunzelnd nach.

„Natürlich. Du kennst mich, ich bin teilweise so verpeilt, dass sogar das Essen vergesse.", erklärt Felix seine Gedanken. Dass er Recht hat, wissen beide.

Nach knapp einer Stunde beenden sie ihr Telefonat. Das Gespräch war wenig tiefgründig, weshalb sie sich nebenher problemlos fertig machen konnten, sodass Felix nun direkt in die Küche gehen kann, um zu frühstücken. Im Flur begegnet er Annalena, die ihn sofort abfängt. „Felix? Hast du heute nochmal Zeit und Lust mich zum Tanzen zu begleiten?" „Wieder zur gleichen Zeit?" „Ja.", bestätigt sie. „Wenn ich hier nicht gebraucht werde. Ich rede gleich mit Mama und gebe dir dann Bescheid.", erklärt Felix seinen Plan.

***

Wie zu erwarten, wurde er am Abend nicht gebraucht. Er sollte nur die Pferde vor dem Tanzen wieder in den Stall holen, doch das war für ihn keine große Aufgabe, weshalb die Geschwister am Abend pünktlich das Haus verlassen haben und ins nächste Dorf zur Tanzschule gelaufen sind. Nachdem sie ihre Schuhe gewechselt haben, stehen sie auf der Fläche und warten auf die Tanzlehrer.

„Guten Abend ihr Lieben. Wir müssen heute allein klarkommen, Maní ist leider krank.", werden sie um halb sechs von Fabi begrüßt. „Wir beginnen mit einem Discofox."

Während sie tanzen, geht Fabi mit der Anwesenheitsliste durch den Raum. „Leni, du hast ja wieder deinen Bruder mitgebracht.", freut der Tanzlehrer sich.

„Ja, Timo ist wieder krank und weil Felix heute nicht arbeiten muss, habe ich ihn einfach mitgebracht."

„Felix? Du kannst nicht zufällig Bachata?", wendet Fabi sich an ihn.

„Nicht viel, das war das letzte, was ich gelernt habe, bevor wir umgezogen sind."

„Das klingt gut, würdest du mir helfen, das zu zeigen? Ich kann ohne Maní immer so schlecht unterrichten, wenn es etwas anderes als Haltung sein soll.", erklärt der junge Tanzlehrer.

„Ich kann es versuchen.", stimmt Felix zu.

Nach einigen weiteren Tänzen, in denen Felix immer wieder von Fabi zur Hilfe gebeten wurde, um die Tanzhaltung oder die korrekte Schrittfolge einiger Figuren zu demonstrieren, stoppt der Tanzlehrer die Musik und stellt sich in die Mitte der Tanzfläche.

„Ihr stellt euch bitte mit Blick zum Spiegel nebeneinander auf.", fordert Fabi und winkt Felix zu sich nach vorne. „Wir beginnen heute mit einem neuen Tanz. Die Schritte sind, gerade zu Beginn, für beide gleich. Deshalb können wir das heute auch ohne Maní machen."

Zunächst zeigt Fabi die Grundschritte und übt diese mit dem Kurs. Da die Schritte nicht wirklich kompliziert sind, erklärt der

Tanzlehrer noch einige Variationen. Immer wieder gehen sie die Schrittfolgen durch, bevor Fabi den Kurs stoppt.

„Nun zum gemeinsamen Tanzen. Logischerweise könnt ihr nicht beide nach links starten, wenn ihr euch gegenübersteht. Deshalb beginnt alles, was Frau tanzt mit dem rechten Fuß." Ein allgemeines Nicken bestätigt die Worte des Tanzlehrers. Es ist nichts neues für den Kurs, dass sie zunächst den Grundschritt der Männer lernen.

„Die Tanzhaltung ist ein wenig anders als die, die ihr kennt. Bevor ihr euch gleich wundert, man sieht in Bachata nicht selten auch die Doppelhandhaltung der Salsa, doch für die Schritte, die wir heute gelernt habe, nutzen wir eine andere Haltung." Fragend schaut Fabi zu Felix, der bisher schweigend mit etwas Abstand neben diesem steht. Felix nickt kaum merklich, weshalb der Tanzlehrer einen Schritt auf ihn zu geht und den jungen Autoren stumm auffordert näher zu kommen. „Ihr kennt euch jetzt lang genug, es dürfte also für niemanden mehr komisch sein, wenn ihr euch etwas näherkommt.", kommentiert Fabi die Tanzhaltung, die er gerade mit Felix zeigt. Felix selbst erinnert die Haltung immer ein wenig an Pinguine, die sich gegenüberstehen und versuchen beide Hände zu greifen.

Nachdem Fabi und Felix auch die gelernten Schritte in der Tanzhaltung gezeigt haben, wird Felix zu seiner Schwester geschickt, um mit ihr das Gelernte zu üben.

„Ich bin stolz auf dich!", wird er von Leni in Empfang genommen.

„Sollten Juli und ich jemals wieder im gleichen Ort wohnen, melden wir uns auf jeden Fall wieder beim Tanzen an. Es macht viel zu viel Spaß.", verspricht Felix seiner Schwester.

„Hier im Kurs wäre noch Platz.", mischt Fabi sich ein. „Danke, dass du mir geholfen hast."

„Gerne.", lächelt der Brite, bevor er mit Leni die Schritte übt und ihr sogar noch eine Figur zeigt, die der Kurs eigentlich noch gar nicht gelernt hat. Normalerweise würde der Tanzlehrer dies unterbinden, damit alle auf dem gleichen Stand sind, aber unter dem Punkt, dass sie in der nächsten Woche die Drehung üben werden und dass Felix sehr glücklich scheint, lässt Fabi sie weitertanzen.

Kurz vor Ende der Stunde wird Felix erneut von Fabi gerufen. „Wir tanzen jetzt noch einen Wiener Walzer und ich möchte, dass ihr heute etwas mehr auf eure Haltung achtet." Der Kurs nickt unmotiviert. Die Haltung in den Standardtänzen ist teilweise sehr anstrengend und auch Felix ist selten motiviert sich auf die Haltung zu konzentrieren. Gemeinsam zeigen sie die richtige Tanzhaltung und Felix stellt erfreut fest, dass er die Frauenschritte deutlich besser kann. „Nehmt bitte einmal alle diese Haltung ein.", fordert der Tanzlehrer und startet die Musik. Während Felix nun die führende Position hat, da er mit Leni tanzt, korrigiert Fabi die anderen Tanzschüler.

„Stopp!", werden sie unterbrochen. „Felix? Traust du dir zu, die Frauenschritte einmal mit mir zur Musik zu zeigen?"

„Kann ich machen. Ich habe nur schon lange nicht mehr getanzt.", entschuldigt der Angesprochene sich schon vor dem Tanzen für seine schlechten Schritte. Fabi startet die Musik neu und nimmt gemeinsam mit Felix eine ordentliche Tanzhaltung ein. Da sie bisher noch nicht gemeinsam getanzt haben, zählt Fabi sie ein, damit sie gleichzeitig starten. Neben dem Grundschritt baut der Tanzlehrer noch einige Figuren ein, um dem Kurs zu demonstrieren, dass man nicht jahrelang zusammen tanzen muss, um einen schönen Wiener Walzer zu tanzen. Nach etwa zwei Runden durch den Saal, werden sie langsam und bleiben schließlich lächelnd stehen.

„Was ist euch aufgefallen?" „Ihr habt beide gelächelt. Das sagt Maní uns sonst immer, aber kaum einer kann es umsetzen.", stellt Annalena fest. Sie hatte genau auf ihren Bruder geachtet und freut sich, dass er endlich wieder Spaß am Tanzen hatte. „Sobald man Spaß am Tanzen hat, lächelt man automatisch. Es ist einfach, wenn ihr aufhört jeden Schritt zu überdenken.", erklärt Felix dem Kurs. „Das hast du schön gesagt. Vielleicht versteht ihr das jetzt, es ist nicht schlimm, wenn ihr mal einen falschen Schritt macht, das passiert jedem. Legt die Anspannung ab, dann wird das Tanzen einfacher.", ergänzt Fabi.

„Was ist euch sonst noch aufgefallen?" „Ihr habt euch auf den jeweils anderen eingelassen, obwohl ihr noch nie gemeinsam getanzt habt.", antwortet ein sonst eher stilles Mädchen. „Es sah aus, als würdet ihr Fliegen.", ergänzt ein anderes Mädchen. „Korrekt. Solange beide Personen tanzen können, könnt ihr mit jeder Person tanzen. Wenn ihr alles richtig macht, sie das Tanzen aus wie Fliegen und es fühlt sich schwerelos an." Die Worte des Tanzlehrers erinnern Annalena an das letzte Mal, als sie Julian und Felix Tanzen gesehen hat. „Ich möchte, dass ihr jetzt noch zwei Minuten tanzt, danach ist die Stunde zu Ende. Versucht das anzuwenden, was ihr jetzt gesehen habt."

„Du warst glücklich.", stellt seine Schwester fest, als Felix wieder bei ihr ist und seine Tanzhaltung einnimmt. „Das stimmt. Es war fast wie früher. Mit Julian ist es noch schöner, aber ich fühle mich mit den Frauenschritten einfach wohler.", gesteht er.

„Bis nächste Woche!", wird der Kurs wenig später erlöst. „Danke, dass du mir geholfen hast.", bedankt Fabi sich erneut.

„Gerne. Es hat Spaß gemacht."

„Das freut mich." Lächelnd verabschieden sie sich voneinander und Felix beeilt sich, seine Schuhe zu wechseln, damit er und Leni schnell nach Hause kommen. Auf dem Nachhauseweg merkt Leni, wie glücklich ihr Bruder ist. Fast die ganze Zeit lächelt er und erzählt von seinen Plänen, die er mit Julian hat, wenn dieser in der nächsten Woche nach Schweden kommen würde. An vielen anderen Tagen wäre Annalena vermutlich genervt von Felix' Worten, doch so glücklich wie heute, hat sie ihn schon lange nicht mehr gesehen.

Chapter 7

„Guten Morgen Felix." „Guten Morgen.", erwidert er glücklich lächelnd. Es kommt selten vor, dass der Angesprochene seine Mutter zu dieser Tageszeit so fröhlich begrüßt. Es ist Montagmorgen und dann auch noch acht Uhr, doch heute hat Felix große Pläne.

„Denkst du daran, gleich den Schlitten zunehmen? Wenn ihr hier angekommen seid, könnt ihr immer noch reiten gehen."

„Mach ich, Mama. Ich nehme auch extra Egill und Hnýsa, sie sind am erfahrensten im Schlitten ziehen." Auch wenn er immer noch nicht verstanden hat, warum er den Schlitten und nicht die Pferde nehmen soll, ist dem jungen Mann bewusst, dass er den weniger erfahrenen Tieren keine vier Stunden Fahrt als erste Fahrt der Saison zumuten sollte.

„Verrätst du mir jetzt endlich, warum ich den Schlitten nehmen muss? Du weißt, dass Julian und ich gerne durch den Schnee reiten und so viel Gepäck kann er für acht Tage gar nicht dabeihaben."

„Ich hätte einfach gerne, dass du mit dem Schlitten fährst. Es ist noch mehr Schnee für den Nachmittag angekündigt und du weißt doch, wie ungern ich euch auf den Pferden sehe, wenn es schneit und dann auch noch für eine so lange Strecke, die ihr zurücklegen müsst." Natürlich weiß Felix das, doch in den letzten drei Jahren war das auch nie ein Problem gewesen. „Und denk bitte an die Decken, damit ihr nicht zu sehr auskühlt, wenn ihr die ganze Zeit nur stillsitzt."

„Ja Mama." Auch das hört er nicht das erste Mal und vermutlich wird es auch nicht das letzte Mal gewesen sein, denn obwohl Felix' Familie regelmäßig Kutsch- und Schlittenfahrten anbietet, wird Isabelle ihre Kinder immer daran erinnern, was sie zu beachten haben, wenn sie durch die Felder und Wälder von Schweden fahren. Es ist schließlich ein großer Unterschied zu England, wo drei der fünf Geschwister ihre ersten Erfahrungen im Kutsche Fahren gemacht haben.

Gegen halb zehn macht Felix sich fertig angezogen und mit allem, was er braucht, auf den Weg in den Stall. Schnell macht er erst Egill fertig, bevor er sich Hnýsa zuwendet und dann beide vor den Schlitten spannt. Um zehn Uhr macht Felix sich auf den zweistündigen Weg zum nächsten Bahnhof, wo er seinen Freund abholen soll. Manchmal hat es Nachteile, irgendwo im nirgendwo zu leben. Zum Einkaufen müssen sie zum Glück nicht so weit fahren und meist nehmen sie dafür auch das Auto.

Gekonnt lenkt Felix die Pferde durch den verschneiten Wald. „Wenn es nur immer so schön wäre.", murmelt er, als er neben sich einige Rehe durch den Wald springen sieht. „Diese verschneite Gegend könnte das Setting für den nächsten Roman sein. Eine Art Weihnachtsgeschichte, ein Paar im Schneegestöber.", führt er das Selbstgespräch weiter. Beim Reiten oder Schlittenfahren spricht Felix häufig mit seinen Pferden, um seine Gedanken zu sortieren. Er erwartet keine Antworten, doch das laute Aussprechen hilft ihm, sich zu merken, was er gerade gedacht hat.

Die Fahrt zum Bahnhof verläuft ohne Zwischenfälle und schneller als geplant, weshalb er vor dem Zug ankommt, und die Wartezeit nutzt, um seine Ideen für den Roman in die Notizenapp seines Handys einzutippen. Gerade als er fertig ist mit seinen Stichpunkten, fährt der Zug in den Bahnhof ein und lässt Felix vom Schlitten springen. Lächelnd stellt er sich neben den Schlitten, da er mit Julian abgesprochen hat, dass sie sich bei den Pferden treffen. Felix ist der Einzige, der mit Pferden am Bahnhof wartet, weshalb sein Freund ihn hoffentlich sehr schnell finden wird.

Noch bevor der Zug weiterfährt, kommt jemand auf Felix zu gelaufen. Auf dem Rücken ein großer Rucksack und einen Koffer in der Hand lässt ihn erkennen, dass es sich um Julian handeln muss. Ansonsten ist sein Freund nicht zu erkennen, da er einen dicken Wintermantel trägt. Neben dem Schlitten stellt er seinen Koffer ab und begrüßt Felix dann mit einer Umarmung. „Hallo Lixi.", murmelt er. „Juli… Endlich bist du da.", lächelt Felix und umarmt seinen Freund noch etwas fester. „Ich bin so froh, endlich hier zu sein. Ich habe dich vermisst."

„Genug gekuschelt, wir wollen Felix auch begrüßen.", mischt sich jemand ein, noch bevor er antworten kann. Die Stimme ordnet Felix seinem guten Freund Jonas zu, weshalb er erschrocken seinen Freund loslässt und sich umdreht. Hinter ihm stehen Jonas und Elias, die ihn erwartungsvoll ansehen.

„Was macht ihr denn hier?"

„Dich besuchen, wenn du uns schon nicht besuchen kommst.", beantwortet Elias die Frage des überraschten Felix'. Als er sich gefangen hat, umarmt er seine besten Freunde.

„Jetzt verstehe ich auch, warum ich den Schlitten nehmen sollte und nicht einfach Reiten durfte."

„Eigentlich sollte ich dich noch fragen, ob du mit dem Schlitten kommen kannst, aber das habe ich vergessen. Isa habe ich letzte Woche eingeweiht.", erklärt Julian.

„Ich würde gerne noch weiter mit euch reden, aber wir müssen los. Die Sonne geht bald unter und wir müssen noch durch den Wald. Außerdem soll es noch schneien und ich wäre dann gerne wieder auf befestigten Straßen." Julian nickt sofort zustimmend, er weiß, dass Felix sehr gut Schlitten fahren kann, doch wenn sie in Schneechaos kommen sollten, sollten sie auf den Straßen sein und nicht im Wald. Gemeinsam verstauen sie das Gepäck, bevor Felix die nächsten Anweisungen gibt: „Jonas, Elias, ihr setzt euch auf die hintere Bank und deckt euch bitte mit den Decken zu." Er reicht seinen Freunden je eine Decke und deutet auf die Plätze. „Juli? Du musst dich leider zu mir setzen und die Decke mit mir teilen." „Das wird nicht das Problem sein.", mischt Jonas sich schmunzelnd ein.

Wenige Minuten später sitzen alle auf ihrem Platz und Felix treibt die Pferde in Richtung zuhause. „Die Straßen sind ja gar nicht geräumt.", staunt Jonas. „Natürlich nicht. Man müsste jede Straße räumen und das ist gar nicht möglich. Sind die Straßen geräumt, können die Schlitten sie nicht befahren, was schwierig ist, da viele Straßen nicht geräumt sind und dort können die Kutschen nicht fahren.", erklärt Felix. „Das klingt logisch, trotzdem ist es merkwürdig." „Dann wird dich noch einiges überraschen.", lächelt Julian. Jonas und Elias haben Felix bisher noch nicht in Schweden besucht, weder im Sommer noch im Winter.

Während der Fahrt berichten Jonas, Elias und Julian von ihrer Zeit in England und Felix erzählt einige Dinge von seiner Zeit in Schweden. Schnell lassen sie die Straßen der Stadt hinter sich und Felix lenkt Egill und Hnýsa in den Wald, wo sie totale Stille erwartet. „Wir fahren durch den Wald?", fragt Elias überrascht. „Hat Felix doch erzählt.", entgegnet Jonas. „Ja, aber ich habe das irgendwie nicht geglaubt.", gesteht Elias.

Da es nun mehrere Kilometer geradeaus geht und die Pferde den Weg kennen, greift Felix unter der Decke nach Julians Hand und erklärt seinen Freunden: „Der Weg durch den Wald ist deutlich kürzer als der Weg über die Landstraßen, deshalb fahre ich hier lieber lang. Und bei dem Wetter ist es wichtig, dass wir den kürzesten Weg wählen. Schneestürme sind nicht selten und hier ist man ein wenig davor geschützt, auch wenn es gefährlicher ist, sollten wir nicht frühzeitig den Wald verlassen."

„Gibt es einen großen Unterschied zwischen Kutsche und Schlittenfahren?", wendet Julian sich nach einigen Minuten des Schweigens an seinen Freund. „Nicht wirklich. Möchtest du es ausprobieren?" „Wenn ich darf…" „Natürlich darfst du. Egill und Hnýsa sind sehr nett und geduldig. Du kannst nicht viel falsch machen und ich helfe dir. Die wichtigen Dinge funktionieren wie bei der Kutsche, gerade weil die Beiden sowohl Kutsche als auch Schlitten fahren, verstehen sie auch, was du von ihnen möchtest, wenn du doch etwas falsch machen solltest.", lächelt Felix und reicht Julian die Zügel.

„Bin ich mit den Beiden schon gefahren?", erkundigt Julian sich nach einigen Metern. „Ich bin mir nicht ganz sicher, aber ich glaube nicht. Du bist eher mit Bestla und Dagsbrún unterwegs gewesen oder natürlich unseren beiden." „Oh Gott, dann werden wir gleich sterben.", hört Felix Jonas hinter sich murmeln. „Keine Sorge Jonas. Ich kann immer noch eingreifen und die Pferde sind so gut erzogen, dass sie vermutlich immer den Weg nach Hause wählen würden." „Das beruhigt mich ein wenig, aber ist es nicht gefährlich, wenn die Pferde den Weg allein wählen?" „Nein, sie würden immer auf dem Weg bleiben und auch kein unkontrolliertes Tempo wählen.", erklärt Felix.

„Hier müssen wir links abbiegen.", gibt er seinem Freund die Anweisung, die dieser an die Pferde weitergibt. Nach knapp einem Kilometer verlassen sie den Wald und kommen zurück auf die Landstraße. „Findest du den Weg ab hier selbst?" „Nein... Dafür bin ich zu selten hier. Irgendwann kann ich das.", antwortet Julian und gibt Felix die Zügel zurück. „Wir üben das Schlittenfahren in den nächsten Tagen noch.", beschließt dieser und lenkt die Pferde immer weiter nach Hause.

„Es schneit!", freut Elias sich, als ihm die ersten Flocken auffallen. „Müssen wir uns dann nicht beeilen?", fragt Jonas interessiert. „Wir sind gleich da, noch etwa zwanzig Minuten und hier auf der Straße ist es sicherer."

„Endlich wieder richtiger Schnee.", brummt Julian zufrieden, denn er hat den Schnee in England vermisst. „Wir können gleich noch etwas im Schnee ausreiten gehen. In der Zeit können Jonas und Elias ihre Sachen ausräumen und sich im Haus umsehen. Wenn es später aufhört zu schneien, können wir ein Lagerfeuer machen.", schlägt Felix vor. „Das klingt nach einem schönen Plan.", antwortet Jonas begeistert, Elias und Julian stimmen ihm zu. „Dann sehe ich Dimma endlich wieder!", freut Julian sich. „Dann ist das entschieden. Du gehst dich gleich umziehen und ich zeige euch euer Zimmer. Wir sind dann ca. eine Stunde weg und ihr könnt euch einrichten und euch aufwärmen. Wenn wir wieder da sind, machen wir das Lagerfeuer.", beschließt Felix.

Gesagt, getan. Als sie am Hof ankommen, parkt er die Kutsche und bringt Egill und Hnýsa in den Stall, während seine Freunde das Gepäck ins Haus bringen. In der Eingangshalle werden diese von Isabelle empfangen, weshalb es nicht schlimm ist, dass Felix einige Minuten länger braucht. Isabelle übernimmt das Zeigen des Zimmers und schickt ihren Sohn lächelnd hinter Julian her, als dieser ebenfalls das Haus betritt. Schnell läuft Felix die Treppen hinauf, um seinem Freund zu folgen.

In seinem Zimmer nimmt Felix Julian erneut in den Arm und hält ihn einfach fest. „Endlich bist du wieder bei mir.", murmelt er glücklich an die Schulter seines Freundes. „Ich bin auch froh, endlich wieder hier zu sein. Lässt du mich, mich umziehen? Dann können wir gleich zu den Pferden." Seufzend löst er sich von Julian. „Wir können heute Abend ganz viel kuscheln, aber jetzt möchte ich endlich wieder aufs Pferd." „Ich habe doch gar nichts gesagt.", lächelt Felix.

Gegen halb vier betreten Julian und Felix den Stall, während Felix langsam durch die Stallgasse läuft, beeilt Julian sich, zu Dimma zu kommen. Die schwarze Stute hebt neugierig ihren Kopf, als Julian vor ihrer Box zum Stehen kommt. Lächelnd öffnet dieser die Boxentür und schlingt seine Arme um den Hals seines Pferdes. Felix nutzt die Zeit und holt die Trensen von Dimma und Draumur, damit sie gleich losreiten können.

Um 16 Uhr verlassen sie den Stall und machen sich auf den Weg zum Wald. Es hat aufgehört zu schneien, weshalb sie nun freie Sicht in den Sternenhimmel haben. Felix hilft Julian lächelnd aufs Pferd und springt dann selbst auf den Pferderücken. Schweigend reitet das Paar nebeneinander durch den Wald, als es wieder zu schneien beginnt. Dimma und Draumur tölten über die schneebedeckten Wege, während Felix' Gedanken um seinen Roman kreisen, der in seinem Kopf immer mehr Form annimmt.

„Es ist schön, wieder hier zu sein.", reißt Julian Felix aus den Gedanken. „Ich bin froh, dass du endlich hier bist, du hast mir in der letzten Zeit gefehlt.", gesteht der Angesprochene. „Jetzt bin ich erstmal hier und Anfang nächsten Jahres bist du in England. Ab jetzt sehen wir uns häufiger, ich habe viel mehr Zeit ohne die Uni und arbeiten kann ich auch hier, wenn du unterwegs bist, dann haben wir zumindest den Rest des Tages Zeit." Julians Worte klingen wie ein Versprechen, doch Felix kann nicht zulassen, dass er diesem Versprechen Glauben schenkt.

Chapter 8

Da es zum Ende des Ausrittes wieder angefangen hatte zu schneien und es seitdem auch nicht wieder aufgehört hat, haben die Freunde entschieden, das Lagerfeuer zu verschieben. Erst am Mittwoch ist das Wetter gut genug, um am Nachmittag das Feuer zu machen. Isabelle hatte Stockbrotteig gemacht, Punsch gekocht und Marshmallows gekauft.

„Felix? Nehmt ihr deine Schwestern bitte mit zum Essen? Sie müssen nicht die ganze Zeit bei euch sein, aber sie würden gerne mit euch essen." „Natürlich Mama." Felix hatte bereits damit gerechnet und seine Freunde vorgewarnt. Annalena ist bei ihrem Freund, Theodora würde sowieso den Abend bei ihnen verbringen und die Zwillinge gehen früh schlafen, weshalb Felix sich keine Sorgen um ihren Abend macht.

„Brauchst du Hilfe?", fragt Julian seinen Freund, der gerade einen kleinen Scheiterhaufen baut, um das Lagerfeuer zu entzünden. „Du könntest den Tisch von Schnee befreien und dann mit Jonas und Elias die Sachen holen.", antwortet Felix, weshalb Julian sich an die Arbeit macht und nebenher Felix dabei beobachtet, wie er das Feuer entzündet.

Gegen 17 Uhr sitzen sie gemeinsam um das Feuer herum und wärmen sich auf. Felix und seine Schwestern frieren nicht, doch seinen Freunden sieht er an, dass sie das kalte Wetter nicht ansatzweise gewöhnt sind.

„Habt ihr euch immer noch nicht an die Kälte gewöhnt?", fragt Zoe die Freunde ihres Bruders.

„Nein, so kalt ist es in England selten.", entgegnet Elias. „So kalt ist es doch noch gar nicht.", schmunzelt Arya. „Es wird hier noch kälter?", fragt Jonas überrascht. „Natürlich, wir haben häufig kalte Winter hier.", erklärt Thea.

„Hier könnte ich nicht leben.", murmelt Jonas. „Man gewöhnt sich schnell daran.", merkt Julian an. „Du könntest dir vorstellen, hier zu leben?", fragt Elias überrascht. „Warum nicht?" Felix ist ähnlich überrascht von Julians Aussage wie seine Freunde, jedoch freut er sich darüber. Vielleicht würden sie doch nicht ihr Leben lang eine Fernbeziehung führen.

„Felix?" Erschrocken schreckt der Angesprochene aus seinen Gedanken, von denen er nicht gemerkt hatte, dass er darin versunken war. Er wendet seinen Blick von den Flammen vor ihm zu seinem Freund neben ihm. „Ja?" „Wollen wir mit dem Essen anfangen?", stellt Julian die Frage, die er bereits mehrmals gestellt hat. Felix nickt nur, steht auf und verteilt Stockbrot an seine Freunde und Schwestern.

„Wo warst du mit deinen Gedanken?", fragt Julian seinen Freund leise, als ihre Freunde und dessen Schwestern sich bei der Zubereitung ihres Essens unterhalten. „Bei dir. Ich habe überlegt, wie es wäre, wenn wir uns häufiger sehen würden.", murmelt Felix leise. „Irgendwann wohnen wir zusammen, versprochen!" „Aber das dauert noch so lange." „Dann haben wir aber ewig Zeit.", lächelt Julian aufmunternd.

Felix versinkt erneut in Gedanken, als er sein Stockbrot isst und seinen Blick auf der Flamme ruhen lässt.

„Da ist der Himmel grün!", merkt Jonas geschockt an. „Das sind Polarlichter, kein Grund zur Sorge.", schmunzelt Theodora.

Lächelnd wendet Felix seinen Blick vom Feuer zum Himmel, wo nun die Polarlichter tanzen.

„Ich habe viel zu lange keine Polarlichter mehr gesehen." „Ich habe noch nie welche gesehen.", geht Elias auf Julians Aussage ein. „Dann habt ihr das jetzt auch abgehakt. Ich verspreche euch, dass ihr sie irgendwann vermissen werdet, wenn ihr sie lange nicht gesehen habt. Wir haben uns immer noch nicht daran satt gesehen und freuen uns jedes Jahr auf die ersten Polarlichter der Saison.", berichtet Arya, bevor sie aufsteht und eine neue Runde Stockbrot verteilt.

Gegen 21 Uhr verabschieden Arya und Zoe sich von der Gruppe, um ins Bett zu gehen. Theodora bringt Zoe ins Haus, da sie noch nicht gut laufen kann nach ihrem Reitunfall und bringt auf dem Rückweg neuen Punsch mit, den sie auf den Tisch stellt und den Rest der ersten Kanne auf die Becher der Freunde aufteilt.

„Was gibt es in England neues?", beginnt Felix das Gespräch, welches er nicht führen wollte, als seine jüngsten Schwestern anwesend waren.

„Nicht wirklich viel. Die Uni ist sehr anstrengend gewesen, aber jetzt ist das auch vorbei und ich weiß noch nicht, was ich davon halten soll.", berichtet Julian.

„Bei mir war es ähnlich.", stimmt Elias zu. „Bei mir eigentlich auch." „Also nur anstrengende Uni?", fragt Thea leicht schmunzelnd nach.

„Ja, eigentlich schon. Jonas und ich wollen nächstes Jahr in eine WG ziehen und uns nach Jobs umschauen."

„Das klingt nach einem guten Plan. Wie sieht es in der Liebe aus?", erkundigt Felix sich.

„Ich bin sehr glücklich, auch wenn ich mir mehr gemeinsame Zeit wünsche." „Das freut mich, Julian.", entgegnet Thea: „Wahrscheinlich wünscht dein Freund sich das gleiche." „Das kann gut sein.", gesteht dieser. Julians Aussage überrascht ihn wenig, da er sich selbst ebenfalls mehr Zeit mit seinem Freund wünscht, dennoch ist er erfreut zu hören, dass sein Freund immer noch glücklich in ihrer Beziehung ist.

„Wie sieht es bei dir aus, Thea?", wendet Elias sich an das junge Mädchen. „Langweilig. Ich bin neben der Schule immer mit Felix unterwegs. Da ist nicht so viel Zeit für eine Beziehung und einen tollen Menschen habe ich auch noch nicht gefunden.", erklärt sie, während ihr Bruder zu seinem Handy greift.

„Fernbeziehung wird beendet, Personen leben nun zusammen.", ergänzt der junge Autor die Ideensammlung in dem Dokument für seinen vierten Roman. Auf der Liste stehen immer noch nicht viele Stichpunkte, doch langsam kann er ein Konstrukt darum bauen und damit möchte er anfangen, sobald seine Freunde wieder auf dem Weg nach England sind. Bis dahin möchte Felix so viele schöne Momente sammeln, die er in sein Buch aufnehmen kann.

„Ich bin auch single.", ist die nächste Aussage, die Felix von dem Gespräch am Lagerfeuer wahrnimmt. Er steckt sein Handy wieder in die Jackentasche und hebt den Blick. Es ist Jonas, der sich vermutlich Elias' Aussage angeschlossen hat.

„Deshalb zieht ihr in eine WG?", erkundigt Thea sich.

„Genau. Wir haben beide niemanden und wollen endlich zuhause auszuziehen.", beantwortet Elias die Frage und bestätigt damit Felix' Vermutung.

„Wie sieht dein Leben denn hier irgendwo im Nirgendwo aus, Felix?", wendet Elias sich an ihn.

„Eigentlich genauso, wie ich es euch auf dem Weg vom Bahnhof hierher erzählt habe. Ich kümmere mich um die Pferde, leite einen Teil der Ausritte und den Rest der Zeit verbringe ich mit meiner Familie. Es ist schließlich immer etwas los, mit vier Geschwistern. Abends lese ich in meinem Zimmer oder telefoniere mit Juli."

„Und du kannst dir wirklich vorstellen, das den Rest deines Lebens zu tun?" Jonas klingt sehr skeptisch, als er von Felix' Leben erfährt.

„Vielleicht nicht ganz bis zum Ende, aber solange ich stundenlang auf dem Pferd in der Kälte unterwegs sein kann. Und danach gibt es noch genug Sachen, die auch im Haus oder Stall erledigt werden können."

„Ich werde vermutlich mit Felix den Hof übernehmen.", ergänzt seine Schwester.

„Das klingt nach einem schönen Plan." Elias ist deutlich weniger skeptisch als Jonas. Er hat gemerkt, wie gut es seinem besten Freund hier geht.

„Und wie sieht es mit Mann und Kindern aus in eurer Planung?", fragt Julian vorsichtig nach.

„Naja, am besten ist der Mann bereit, hierher zu ziehen, aber bis dahin habe ich ja noch viel Zeit. Ich bin noch nicht mal 18.", entgegnet Theodora.

„Aber hier mitarbeiten dürfte der dann auch?", hilft Elias Julian, da er glaubt, verstanden zu haben, was dieser in Erfahrung bringen wollte.

„Natürlich, er muss nicht, aber ich würde mich freuen." Felix nickt zustimmend, während er sich selbst sagt, dass er sich nicht zu große Hoffnungen machen soll.

„Fehlt euch England eigentlich manchmal?", bricht Elias nach einiger Zeit das Schweigen. Sie hatten zuvor noch über weniger bedeutungsvolle Themen gesprochen und ihren frischen Punsch schweigend genossen.

„Nein!", antwortet Felix schnell, vielleicht sogar etwas zu schnell.

„Wirklich gar nicht?", hakt Jonas nach, als er das enttäuschte Gesicht seines besten Freundes sieht.

„Nein, das Leben hier ist schon fast perfekt.", nun fällt auch Felix Julians trauriger Blick auf und ergänzt seine Antwort: „Die Menschen, die wir in England lassen mussten, vermisse ich natürlich, nur eben das Land nicht." Er greift nach Julians Hand und lächelt diesen vorsichtig an. Logischerweise fehlt ihm sein Freund und auch seine besten Freunde würde er liebend gern häufiger sehen.

Chapter 9

Als es gegen Mitternacht erneut zu schneien begonnen hatte, waren die Freunde ins Bett gegangen. Nun sind sie, mit Ausnahme von Theodora, mit dem Schlitten auf dem Weg in den nächsten Ort, um dort auf den Weihnachtsmarkt zu gehen. Im Anschluss wollen sie auf dem zugefrorenen See im Wald Schlittschuh laufen.

Unter Felix' Aufsicht darf Julian den Schlitten lenken und auch wenn Jonas und Elias auf der Rückbank der Meinung sind, um ihr Leben bangen zu müssen, ist Felix sehr zufrieden mit seinem Freund. Julian fährt vorausschauend, nicht zu schnell und auch nicht zu langsam, außerdem sind sie nur Feld- und Waldwegen unterwegs. Die Strecke durch die engen Dorfstraßen wird Felix selbst fahren, da sein Freund noch etwas unsicher ist und ihre Pferde in Ortschaften ebenfalls nicht ganz erfahren sind. Felix hat sich am Morgen für Dimma, Julians Rappstute, und Aldavinur, seinen Schimmelwallach, entschieden.

„Müssen wir hier rechts oder links abbiegen?", erkundigt Julian sich am Ende des Feldweges. „Links und kurz vor dem Dorf würde ich dann übernehmen." „Okay."

„Dann steigen unsere Überlebenschancen wieder.", freut Jonas sich.

„So schlecht fährt er nicht.", verteidigt Felix seinen Freund. „Außerdem sind die Pferde ähnlich unerfahren."

„Warum müssen wir auch Anfänger vor und auf der Kutsche haben?"

„Gemeinsam wächst man am besten, Jonas.", argumentiert Elias.

Als das Dorf in Sicht kommt, übernimmt Felix schweigend die Zügel. Nach etwa einem Kilometer Fahrt, hält er die Pferde auf einem Parkplatz an. Der Parkplatz ist extra für Pferdegespanne gedacht und hält Futterplätze für die Tiere bereit. Wasser müssen die Besitzer bei den eisigen Temperaturen selbst bereitstellen, doch für die günstigen Parkgebühren ist das kein Problem. Im Sommer werden die Pferde regelmäßig mit frischem Wasser versorgt.

„Wie kann man sich eigentlich sicher sein, dass hier niemand ein fremdes Pferd mit nach Hause nimmt? Man kann sie schließlich nicht abschließen, wie Autos oder Fahrräder."

„Vertrauen.", gibt Felix die einzig logische Antwort auf Elias' Frage. „Früher, bevor es Autos gab, hat das schließlich auch funktioniert. Und jeder hier hat die gleichen Interessen, seine eigenen Tiere mit nach Hause zu nehmen, weshalb es eigentlich nie zu Problemen kommt. Sollte es doch mal passieren, sind alle Tiere gechipt oder haben ein Brandzeichen, um sie ihren Besitzern zuzuordnen. Die meisten Tiere haben aber tatsächlich beides."

Der Weihnachtsmarkt ist nur etwa hundert Meter von dem Parkplatz entfernt und bereits durch die vielen Lichter zu erkennen. Lächelnd greift Felix nach Julians Hand und führt die Truppe zu den ersten Ständen. Natürlich kennen seine Freunde Weihnachtsmärkte, schließlich gibt es die auch in England. „Wollt ihr allein herumlaufen und wir treffen uns irgendwann wieder hier oder wollen wir zusammenbleiben?", wendet er sich an Elias und Jonas. „Lass uns zusammenbleiben, dann kann niemand verloren gehen.", entscheidet Jonas. Es wäre tatsächlich nicht das erste Mal, meist war es Jonas selbst, der die Gruppe verloren hat.

„Was habt ihr eigentlich Weihnachten geplant?", beginnt Felix das Gespräch. Im Hintergrund läuft leise Weihnachtsmusik und die Lichter der Stände sind bereits angeschaltet.

„Ich werde zu meinen Eltern fahren und dort wie jedes Jahr feiern. Erst werden wir gemeinsam essen und dann gibt es die Geschenke. Papa hat vor ein paar Jahren beschlossen, dass wir mittlerweile alt genug sind, um bis nach dem Essen auf die Geschenke zu warten."

„Bei uns ist es ähnlich wie bei Jonas. Wir kochen nur vor dem Essen alle gemeinsam und meine Großeltern kommen zum Essen.", berichtet Elias von seinen Plänen für Weihnachten.

„Wie feiert ihr denn hier in Schweden Weihnachten?", erkundigt Jonas sich.

„Moritz und ich versorgen morgens zuerst die Pferde, während Mama das Frühstück macht. Danach packt jeder seine Geschenke ein und macht sich für den Ausritt fertig. Nach dem Ausritt gibt es Kaffee, Tee und Plätzchen und dann gibt es für uns dann Geschenke, weil wir ab dann alleine im Kaminzimmer sind und lieber ohne Gäste feiern. Manchmal setzen wir uns danach noch mit Punsch und Glühwein ans Lagerfeuer, da sind dann auch häufig Gäste dabei. Dieses Jahr feiert das ganze Dorf bei uns."

„Das klingt auf der einen Seite sehr schön, aber auch irgendwie traurig, weil es nicht wirklich ein Familienfest ist."

„Das stimmt, Elias. Für uns ist Nikolaus das größere Fest geworden, weil wir da morgens die Gäste verabschieden, dann ausreiten gehen und abends alle gemeinsam alle Weihnachtsbäume schmücken. Außerdem ist man hier häufig mit der Familie zusammen, weil hier kaum etwas los ist.", stimmt Felix zu.

„Ich stelle es mir trotzdem schön vor, vor allem die ganze Weihnachtszeit und zu sehen, wie andere Weihnachten feiern und als Familie glücklich sind.", murmelt Julian.

„Was machst du denn Weihnachten?", fragt Jonas.

„Laura kommt zum Abendessen und danach gibt es dann Geschenke. Mehr ist nicht geplant, aber vielleicht backen Mama und ich vormittags Plätzchen.", berichtet Julian.

„Und irgendwann telefonieren wir wieder.", ergänzt Felix.

„Das habe ich natürlich nicht vergessen. Wahrscheinlich wird es dieses Jahr wieder nachts werden."

„Das wäre auch nicht schlimm. Ich fand es letztes Jahr sehr schön, im Schein der Lichterketten dein Geschenk als letztes unter meinem Weihnachtsbaum hervorzuholen und auszupacken." Felix lächelt bei der Erinnerung an das letzte Weihnachtsfest.

Sie schlendern weiter über den Weihnachtsmarkt und schauen sich die Stände an, als Elias plötzlich stehen bleibt. „Ich brauch noch ein Geschenk für Mama und seit Jahren schwärmt sie von den Glasengeln, die man an den Weihnachtsbaum hängen kann. In England kosten die nur so unfassbar viel."

Felix hebt den Blick. Sie stehen an einem Stand mit Weihnachtsbaumanhängern. „Hier kosten vier Stück so viel wie eins in England."

„Dann such dir doch welche aus und verschenke sie zu Weihnachten.", schlägt Julian vor.

„Hallo Felix, sind das deine Freunde aus England?", begrüßt Ronja sie.

„Hallo Ronja, ja, wir wollten uns den Weihnachtsmarkt ansehen und dann zum See fahren.", antwortet Felix.

„Das freut mich.", sagt sie an Felix gerichtet, bevor sie ins Englische wechselt und sich an die Freunde wendet: „Hallo, ich bin Ronja, eine Nachbarin von Felix. Kann ich euch behilflich sein oder habt ihr euch vielleicht schon etwas ausgesucht?"

Elias nickt dankend und teilt Ronja seine Entscheidung mit. Er wählt vier verschiedene Glasengel und auch Jonas entscheidet sich für zwei. Julian wählt ebenfalls einen Engel und eine Kugel, auf der ein verschneiter Wald und Polarlichter zu sehen sind. Glücklich bezahlen sie nacheinander und bekommen je noch eine kleine Kugel geschenkt.

„Dankeschön Ronja, wir sehen uns Heiligabend?"

„Gern geschehen und natürlich sehen wir uns. Richte Isa doch bitte aus, dass ich mich um die Waffeln kümmern werde."

„Natürlich, bis dann." Nachdem sie sich verabschiedet haben, machen die Freunde sich auf den Weg zurück zum Parkplatz.

***

Unterwegs hatte Felix von einer kleinen Bäckerei noch Lebkuchen und weiteres süßes Gebäck geholt, bevor er seine Freunde zum Schlitten zurückgeführt hat. Vom Parkplatz aus sind sie direkt an den See gefahren, wo Julian und Elias die Sachen für ihr Picknick aufgebaut haben, während Felix die Pferde vom Schlitten befreit hat. Hier am See dürfen sie frei herumlaufen, bis er sie wieder zu sich ruft, wenn sie sich auf den Rückweg machen wollen.

„Darf man hier überhaupt Schlittschuhlaufen?", fragt Jonas besorgt. „Es interessiert dich doch sonst auch nie, ob etwas erlaubt ist oder nicht.", schmunzelt Julian.

„Es ist nicht verboten.", beantwortet Felix die ursprüngliche Frage, ohne dabei auf die Sticheleien seines Freundes einzugehen, und betritt dann die Eisfläche. „Trägt das Eis denn schon?" „Vor zwei Wochen hat es die Zwillinge getragen und da es seitdem nicht wärmer, sondern eher kälter geworden ist, dürfte nichts passieren.", antwortet er. Jonas scheint noch immer skeptisch zu sein, da er als Letzter das Eis betritt und lange Zeit direkt am Seeufer bleibt.

Elias läuft zunächst wenig elegant über das Eis, doch nach einigen Minuten wird er deutlich sicherer und schließt zu Julian und Felix auf, die Hand in Hand große Runden auf dem See drehen. Vorsichtig macht er ein paar Fotos von seinen Freunden, bevor er sich bemerkbar macht und neben ihnen läuft.

„Na ihr Turteltauben, wie geht's euch?"

„Wo kommst du denn jetzt her?", fragt Julian erschrocken. „Ungefähr von dem Punkt am Ufer, wo Jonas immer noch seine Bahnen zieht.", schmunzelt der Angesprochene.

„Uns geht es gut.", geht Felix auf dessen eigentliche Frage ein. „Dann möchte ich euch auch gar nicht weiter stören und werde stattdessen versuchen, dass Jonas auch etwas weiter auf den See hinausläuft." Mit diesen Worten lässt Elias das Paar wieder allein und begibt sich zu ihrem gemeinsamen Freund ans Ufer.

Lächelnd beobachten Felix und Julian ihre Freunde am Ufer, während sie selbst über den See laufen, als würden sie es jeden Tag tun. „Ich wünschte, ich würde hier leben und könnte das jeden Winter tun.", murmelt Julian und wendet seinen Blick zu Boden, damit sein Freund ihn nicht sehen kann. „Du weißt, dass ich der letzte wäre, der etwas dagegen hätte."

**

Nach dem Schlittschuhlaufen setzen die Freunde sich auf den Schlitten und genießen ihr Picknick mit heißem Tee und Lebkuchen. „Wir müssen sowas öfter machen.", beginnt Elias das Gespräch.

„Gerne, ihr dürft jederzeit hierherkommen, die Winter hier sind länger und kälter als in England.", lächelt Felix. „Ich werde euch zwar auch wieder häufiger besuchen kommen, aber vermutlich habt ihr mehr Urlaub."

„Wie, du hast keinen Urlaub?", fragt Jonas erschrocken.

„Doch natürlich schon, aber meist nur ein bis zwei Tage. Aber dafür habe ich häufiger mal wenige Tage frei. Mir macht die Arbeit aber auch Spaß und mehr als ein paar Tage frei bringen mir hier auch nicht viel, weil man nicht so viel machen kann und ausreiten gehe ich oft genug.", gesteht Felix. Er müsste nur fragen, dann würde er mehr Urlaub bekommen, das hatten seine Eltern ihm schon oft gesagt, doch bisher hatte er dafür keinen Grund gehabt, abgesehen von Julian, doch der hatte Uni, weshalb sie dann doch lieber nur Nachrichten geschrieben haben. „Nächstes Jahr komme ich euch aber mindestens zweimal besuchen."

***

Die Freunde waren erst nach Sonnenuntergang zurückgefahren, weshalb sie erst um halb fünf zurück im Stall gewesen sind. Während Elias und Jonas ins Haus gegangen sind und die Picknickdosen in die Küche gebracht haben und sich um die Schlittschuhe gekümmert haben, haben Julian und Felix die Stallarbeit übernommen. Sie haben erst Aldavinur und Dimma in ihre Boxen gebracht und dann die anderen Pferde in den Stall gerufen. Da Julian den aktuellen Futterplan nicht kennt, verteilt er Heu an alle Pferde in den Mengen, die sie immer bekommen haben und zeitgleich verteilt Felix das Zusatzfutter an die Pferde, die es benötigen.

***

„Ich muss noch kurz mit Thea reden. Du kannst mit Elias und Jonas schon nach unten zum Abendessen gehen. Mama weiß schon Bescheid.", teilt Felix seinem Freund mit, als sie sich nach der Stallarbeit für das Abendessen fertig gemacht haben. „Okay." Julian gibt Felix noch einen Kuss und verlässt dann dessen Zimmer.

„Du willst also wirklich über euch schreiben?", erkundigt seine Schwester sich. „Natürlich. Irgendwann muss ich ihm ja beichten, dass ich der Autor seiner Lieblingsbücher bin." „Und wie genau möchtest du das tun?" „Über die Widmung, wenn ich ihm das Buch schenke.", teilt Felix seinen Plan. „Dann ruf mal bei deinem Verlag an."

Der Ältere kommt der Aufforderung seiner jüngeren Schwester nach und wählt die Nummer des Verlages, der für seine Romane zuständig ist. Entgegen seiner Erwartung sind die Verantwortlichen sofort begeistert. Eine Geschichte, die so ähnlich tatsächlich passiert ist und dann auch noch dem Schreiber selbst, wird bei seinen jungen queeren Lesern gut ankommen. Nach knapp 10 Minuten beendet er deshalb bereits das Telefonat und macht sich mit seiner Schwester auf den Weg in den Speisesaal. Jetzt muss er nur noch das Buch schreiben und das geplante Happy End auch in seinem Leben finden.

Chapter 10

„*Glaubst du nicht, es wäre besser, wenn wir uns trennen?*", tippt Felix die Worte von Silas, seinem zweiten Hauptcharakter und erinnert sich an die Nacht in seinem Kinderzimmer, als er Julian von ihrem Umzug nach Schweden berichtet hat. Es waren Julians Worte damals, sie waren noch jung und Julians Angst, dass die Entfernung ihre Beziehung zerstören wird, war nicht ganz unberechtigt.

„*Wollen wir es nicht einfach versuchen? Wenn es nicht weitergeht, können wir es immer noch beenden, aber ich will dich nicht verlieren, weder als Freund noch als Partner.*" Silas nickt. „*Wer weiß denn schon, dass ihr umzieht?*" „*Mama und Papa haben es bisher nur Noelia, Emma und mir erzählt. Und ich habe es dir erzählt. Sonst dürfte es noch niemand wissen.*", erzählt Noah. „*Du hast es mir direkt erzählt?*", fragt Silas überrascht. „*Nicht ganz direkt, ich weiß es seit heute Morgen. Aber zumindest bei der nächsten Möglichkeit. Wir haben schließlich von Anfang an gesagt, dass wir uns alles immer sofort erzählen.*"

Felix schmunzelt, während er tippt. Ja, das hatten sie gesagt und bis heute weiß Julian nicht, dass Felix Bücher schreibt, Bücher über sie. Irgendwann wird er davon erfahren, hoffentlich jedoch erst, wenn er dieses Buch in der Hand halten wird.

„*Stimmt, trotzdem dachte ich, dass du ein paar Tage gewartet hättest.*", gesteht Silas. „*Du kommst uns doch besuchen, oder?*", fragt Noah vorsichtig. „*Natürlich. Ich möchte doch wissen, wie ihr da lebt und ob Schweden wirklich so schön ist, wie alle immer sagen.*" Und Julian kam sie besuchen, mehr als einmal. „*Kommst du uns denn auch besuchen?*" „*Auf jeden Fall, ich kann euch doch nicht zurücklassen und dann einfach nicht mehr besuchen kommen.*" Felix lächelt traurig, er hatte sich kaum an diese Absprache gehalten.

„*Jan, Max, ich muss euch etwas beichten.*", murmelt Noah in der Mittagspause und greift vorsichtig nach Silas' Hand. „*Was hast du angestellt?*", fragt Max sofort. „*Mama und Papa sind schuld. Sie haben einen Hof in Schweden gekauft. Nach unserem Abschluss ziehen wir um.*" „*Du verlässt uns?*", fragt Jan entsetzt. „*Leider ja, wir machen eine Art Ferienhof auf, mit Ausritten und Wanderritten. Das ganze Jahr lang* geöffnet und mit viel mehr Pferden als hier.", erklärt Noah. „Kommst du uns besuchen?", erkundigt Max sich. „Natürlich und ihr seid auch jederzeit willkommen. Ihr müsst natürlich nicht reiten, wenn ihr nicht wollt." Während Noah von den Plänen seiner Eltern berichtet, versucht Silas irgendwie glücklich auszusehen. Er kann sich nicht vorstellen sein Leben ohne Noah in England zu verbringen.

„Ihr seht wundervoll aus. Lasst mich ein Foto für Eleonora machen und dann könnt ihr los." Leandra, Silas' Mutter, macht das Foto und umarmt die Jungs noch ein letztes Mal, bevor diese sich auf den Weg zur Schule machen, um ihr Abschlusszeugnis abzuholen. Noah lebt seit einer Woche bei Silas, da seine Familie bereits nach Schweden gezogen ist. Leandra war so nett und hat den Partner ihres Sohnes für fast zwei Wochen bei sich wohnen lassen, damit dieser sein Abschlusszeugnis persönlich abholen kann und auch an dem großen Abschlussball in der Tanzschule teilnehmen kann.

Gefühlt haben sie vor drei Minuten ihre Formation beendet und mit ihren Tanzlehrern angestoßen, als der letzte Tanz des Abends angekündigt wird, ein Wiener Walzer. Silas greift nach Noahs Händen und flüstert: „Ein letzter Tanz, bevor wir gehen und das Kapitel schließen." Natürlich lässt Noah es sich nicht entgehen ein letztes Mal mit seinem Freund zu tanzen, auch wenn er währenddessen feststellt, wie sehr es ihm fehlen wird. Was Silas und Noah beide nicht mitbekommen ist, dass ihre Freunde und auch die Gäste zum Ende des Liedes die Tanzfläche bereits verlassen haben. Nachdem der letzte Ton verklungen ist, bleibt das Paar in der Mitte stehen, während sie von Applaus zurück in die Realität geholt werden. Lukas und Hannah, ihre Tanzlehrer, kommen zu ihnen auf die Fläche. „Danke für alles ihr Zwei. Es ist schade, dass wir unsere besten Tänzer verlieren. Ich hoffe, dass ihr, wenn der Weg euch irgendwann wieder dauerhaft zusammenführt, wieder anfangen werdet zu tanzen.", beendet Lukas die lange Rede der Tanzlehrer und überreicht dem Paar Blumen und Pralinen. Silas und Noah bedanken sich und umarmen nacheinander zuerst die Tanzlehrer und dann jeden ihrer Freunde aus dem Kurs. Felix lächelt traurig, seit er mit Leni in ihrem Tanzkurs war, schmerzt die Erinnerung an seinen letzten Tanz in England immer mehr. Zu gern würde er wieder regelmäßig auf der Fläche stehen.

Seinen letzten Tag in England hat Noah mit seinen Freunden verbracht. Am Vormittag hatte er seine Sachen zusammengepackt und sich dann beim Mittagessen ordentlich von Silas' Familie verabschiedet, damit es am nächsten Tag nicht zu chaotisch werden wird. Leandra und Silas werden ihn zum Flughafen bringen, doch der finale Abschied soll sich allein an Silas richten. Am Nachmittag wurden sie von Max und Jan abgeholt für einen letzten Tag zu viert. Hätte man Felix zu diesem Zeitpunkt gesagt, dass es das letzte Treffen der Freunde für vier Jahre sein wird, hätte er seinem Gegenüber für verrückt gehalten. *Nachdem die Freunde einfach durch die Innenstadt gelaufen waren, haben sie sich dazu entschieden gemeinsam Essen zu gehen. Sie waren in ihrem Stammrestaurant, bei dem sie seit der neunten Klasse immer nach der Zeugnisvergabe essen waren.*

Der junge Autor lächelt bei der Erinnerung an den Abend und nimmt auch einen Teil ihrer Gespräche mit in sein Buch auf. Er kann sich fast an alles erinnern, was ihn gerade sehr glücklich macht, doch im Alltag findet er die genaue Erinnerung eher nervig. Erst spät sind Julian und er an diesem Abend zurück gewesen, es war schon fast Mitternacht, als sie sich ins Bett gekuschelt haben.

„Versprichst du mir, dass wir mindestens einmal pro Woche telefonieren?", fragt Silas und kuschelt sich an Noah, nachdem er das Licht ausgeschaltet hat. „Natürlich, aber ich weiß nicht, ob es immer der gleiche Tag und die gleiche Zeit sein wird." „Das ist doch nicht schlimm, ich möchte nur wissen, dass du da bist und wir trotz der Entfernung immer über alles reden können." „Das bekommen wir auf jeden Fall hin", versichert Noah seinem Freund, bevor sie kurz darauf eng umschlungen einschlafen.

„Felix?" Der Angesprochene erschrickt. „Thea, was machst du denn hier?" „Ich soll dich holen, damit du mal etwas isst. Es ist schon 23 Uhr." Er hatte gar nicht gemerkt, wie spät es geworden war und dass er den ganzen Nachmittag und Abend mit Schreiben verbracht hat. „Ich komme gleich, ich muss nur die Szene zu Ende schreiben, dann habe ich das Kapitel fertig."

„Ich gehe schon mal zum Auto zurück und warte da auf dich Silas. Noah, ich wünsche dir einen guten Flug und eine schöne Zeit in Schweden. Melde dich zwischendurch mal und du weißt, unsere Tür steht für dich immer offen." „Danke Leandra. Ich werde euch auf jeden Fall besuchen kommen und Silas wird bestimmt berichten, was ich schreibe." Er lächelt traurig, als die Mutter seines Freundes ihn in eine letzte Umarmung zieht. „Pass bitte auf Silas auf.", bittet er, worauf Leandra ihn noch etwas stärker drückt und Noah verspricht auf Silas aufzupassen.

Natürlich würde Anna auf ihren Sohn aufpassen, das tat eine Mutter normalerweise, doch Felix musste ihr dieses Versprechen abnehmen, ansonsten hätte er sich an jenem Tag dagegen entschieden, in den Flieger zusteigen und seiner Familie nach Schweden zu folgen. Der Abschied von ihm und Julian fiel deutlich länger aus, jedoch auch nur, bis sein Flug aufgerufen wurde.

„Ich muss los.", nuschelt Noah und zieht seinen Freund noch ein letztes Mal in eine enge Umarmung. „Ich will nicht, dass du gehst.", murmelt Silas zum wiederholten Mal an diesem Tag. Felix erinnert sich ungern an die traurigen letzten Minuten am Flughafen. Aus heutiger Sicht würde er nichts anders machen wollen, aber damals hätte es nicht viel Überredungskunst gebraucht, um ihn in England zu halten.

Noah hat Glück, er hat einen Fensterplatz bekommen und kann nun sehen, wie sie seine Heimat hinter sich lassen und ihren Weg Richtung Skandinavien einschlagen. Den Flug über hört er Musik und schaut aus dem Fenster. Je näher sie Schweden kamen, desto nervöser wurde er. Er hatte keine Ahnung, was ihn in seinem neuen Zuhause erwarten würde, abgesehen von seinen Pferden. Nach etwa zweieinhalb Stunden Flug landet das Flugzeug und bringt Noah heile zu seinem neuen Zuhause. Noch bevor er aussteigen darf, schreibt er Silas eine WhatsApp: „Ich bin sicher angekommen, darf aber das Flugzeug noch nicht verlassen. Ich melde mich heute Abend, wenn ich angekommen bin und in meinem Zimmer bin."

Es ist nicht die Originalnachricht von damals, doch Felix hat sich bewusst dagegen entschieden, da er die Nachricht schon damals am liebsten direkt gelöscht hätte, wenn Julian sie nicht direkt gelesen hätte. Seine Ankunft in Schweden war unkompliziert, die

Passkontrolle war kein Problem und auch seinen Koffer hatte er schnell bekommen. Am Ausgang hatte seine Mutter auf ihn gewartet. Mit dem Auto sind sie knapp 2 Stunden immer weiter in die Einöde gefahren.

„Hier ist ja wirklich gar nichts los.", spricht Noah seine Gedanken aus. „Das wirkt nur so, weil wir nur auf der großen Landstraße unterwegs sind und nicht durch die Ortschaften fahren. Trotzdem ist hier natürlich deutlich weniger los als in England." „Also ist in den Orten mehr los? Man könnte hier durchaus neue Menschen kennenlernen?" „Natürlich, deine Schwestern haben zum Teil schon neue Freunde." Noah nickt nur und hofft, dass seine Mutter recht behalten wird und auch er neue Freunde finden wird.

Natürlich hatte seine Mutter recht, auch wenn er keine neuen Freunde gefunden hat, hat er viele Menschen kennengelernt, mit denen er sich gut versteht und mit denen er schon den ein oder anderen Abend verbracht hat.

***

Es ist bereits nach Mitternacht, als Felix seine Bibliothek verlässt, um etwas zu Essen. In der Küche brennt noch Licht, was ihn sehr überrascht. Theodora sitzt am Tisch und nascht irgendetwas aus einer Schüssel.

„Was machst du noch hier?", spricht Felix seine Gedanken aus.

„Ich habe noch spontan Kuchen gebacken und wollte auf dich warten."

„Kuchen klingt gut, aber du hättest nicht warten müssen."

Er wendet sich von seiner Schwester ab und holt sich aus dem Kühlschrank die Reste des Abendessens, um sie in einem Topf zu erhitzen.

„Wie gut kommst du voran?", erkundigt seine Schwester sich.

„Ganz gut, ich habe drei Kapitel fertig."

„Nur heute hast du drei Kapitel geschrieben?", Thea klingt überrascht, aber er kann es verstehen, wenn er daran denkt, wie große Probleme er mit der Ideenfindung hatte.

„Ja und ich habe noch mehr Ideen für die nächsten Kapitel. Es ist so einfach meine eigene Geschichte zu schreiben. Ich habe die Anfänge und das Umzugskapitel schon geschrieben, jetzt fehlt noch alles seit dem Umzug und die Zeit zwischen dem Kennenlernen und dem Umzug von uns. Und dann natürlich das Happy End, das es im echten Leben nicht gibt.", berichtet der junge Autor.

„Natürlich wird es im echten Leben ein Happy End geben, nur eben noch nicht jetzt.", widerspricht Theodora.

„Aber das dauert noch Ewigkeiten…"

„Er hat doch jetzt sein Studium beendet, warum zieht ihr nicht jetzt einfach zusammen?"

„Das stellst du dir so einfach vor, aber ich kann ihn doch nicht einfach fragen, seine Familie in England zurückzulassen und zu mir zu ziehen."

„Am Lagerfeuer hat er doch gesagt, dass er sich vorstellen kann, irgendwann hier zu leben und wenn du ihm anbietest, dass er von dir aus jederzeit hierherziehen kann, liegt die letzte Entscheidung bei ihm. Vielleicht hat er auch Angst, dass du noch nicht möchtest, dass er hierherzieht." Theodoras Erklärung klingt logisch, aber er weiß nicht, ob er ihr glauben kann.

„Aber meinst du wirklich, dass Julian sich nicht trauen würde, zu fragen, ob er zu uns ziehen kann?"

„Naja, irgendwie nistet er sich dann ja hier ein und vielleicht hat ein schlechtes Gewissen und möchte deshalb nicht fragen. So würde es mir vermutlich gehen."

„Vielleicht hast du recht.", antwortet Felix nachdenklich und setzt sich mit seinem Essen an den Tisch.

Chapter 11

Es ist noch früh am Morgen, als Felix wach wird. Ein Blick auf sein Handy verrät ihm, dass es noch keine acht Uhr ist. Für neun Uhr ist er mit Moritz im Stall verabredet, um die Pferde zu füttern, da es um halb zehn Frühstück geben soll. Da es bei Julian noch nicht einmal sieben Uhr ist und er ihn deshalb nicht anrufen möchte, entscheidet er sich dazu, bereits aufzustehen und mit der Stallarbeit zu beginnen. Vielleicht können sie dann heute sogar misten, da dies am ehesten die nächsten Tage ignoriert wird. Um kurz nach acht ist Felix bereits im Stall und verteilt Heu an alle Pferde, bevor er anfängt die ersten Boxen zu misten. Leise hört er über sein Handy Musik und arbeitet so schnell wie möglich.

„Du bist ja schon hier." „Erschreck mich doch nicht so!", lacht Felix und wendet sich zu seinem Stiefvater. „Ich habe schon gefüttert und die ersten Boxen gemistet. Ich wusste nicht, ob die Pferde heute rausgehen, und habe sie deshalb in der Box gelassen." „Lass sie doch im Schnee spielen. Es ist auch kein großer Aufwand sie später wieder reinzuholen und wir können sonst auch die Tore offenlassen, dann dürfen sie selbst entscheiden, wann sie wieder in die Box wollen. Nach dem Ausritt gibt es dann das Abendessen und da kommen sie sowieso freiwillig." Moritz' Erklärung klingt sinnvoll, weshalb Felix einfach das große Stalltor öffnet und dann die einzelnen Boxen.

Gemeinsam haben Moritz und Felix es bis halb zehn geschafft alle Boxen zu misten und neu einzustreuen. Sie kommen zwar einige Minuten zu spät zum Frühstück, schließlich mussten sie sich noch umziehen, sonst hätte Isabelle sie nicht an den Tisch gelassen. Dadurch dass sie beide zu spät waren, hat Felix auch keinen Ärger bekommen. Sein Stiefvater hat seiner Mutter schnell erklärt, weshalb sie so spät sind und welche Vorteile das für den restlichen Tag und sogar die nächsten Tage hat.

„Ihr hättet doch etwas sagen können, dann hätte ich euch beim Misten geholfen. Ich hatte heute Morgen schließlich nichts zu tun.", begrüßt Theodora ihren Bruder, als dieser sich auf seinen Platz neben ihr fallen lässt

„Wir waren doch schnell fertig. Außerdem war es eigentlich gar nicht geplant."

„Warum habt ihr es dann getan?", fragt sie irritiert.

„Ich war früh im Stall, habe dann direkt gefüttert und als Moritz kam, war ich schon mit den ersten Boxen fertig." Seine Schwester wirkt immer noch ein wenig überrascht, sagt aber nichts mehr, weshalb Felix mit dem Frühstück beginnt.

„Wie ist der Tag heute geplant?", erkundigt Annalena sich nach einigen Minuten des Schweigens. Beim Weihnachtsfrühstück ist es immer sehr still, jeder geht im Kopf ein letztes Mal durch, ob er wirklich alle Geschenke hat.

„Ich fahre jetzt gleich mit Arya ins Dorf, um die letzten Sachen zu kaufen. Ihr könntet in der Zeit mit Zoe den Nachtisch vorbereiten und die Pferde für den Ausritt fertig machen. Wir reiten alle gemeinsam und mit den Gästen. Wir brauchen also unsere Pferde und dreizehn weitere. Nach dem Ausritt wird es Plätzchen, Kuchen und warme Getränke geben. Danach ziehen wir uns zurück für die Geschenke und gegen 18 Uhr kommen die Nachbarn. Dann gibt es Abendessen.", erklärt Isabelle ihren Kindern den Tagesablauf.

„Leni, kümmerst du dich mit Zoe um den Nachtisch? Dann helfe ich Felix draußen beim Aufbauen für heute Abend. Die Pferde holen wir danach auch noch."

„Gerne Dora." Felix ist mit der Verteilung ebenfalls zufrieden, er arbeitet lieber mit Thea als mit Leni.

Das Frühstück hatten sie im großen Speisesaal verbracht, weshalb sie mehr aufräumen mussten als normalerweise und später erst mit ihren Aufgaben beginnen konnten. Thea und Felix bemühen sich, möglichst schnell die Feuerstelle von Schnee zu befreien und drumherum die großen Tische aufzubauen. Zum Abendessen soll ein Lagerfeuer gemacht werden, die Nachbarn bringen wie in den vergangenen Jahren verschiedene Zutaten mit: Stockbrotteig, Kartoffeln, Salate, Waffeln, andere Süßspeisen, Obst und Gemüse. Isabelle kümmert sich um die Heißgetränke, wie Glühwein, Punsch, Kakao und Tee und Zoe macht einen Nachtisch, von dem ihre Geschwister noch nicht wissen, was es werden wird. Vermuten würde der älteste irgendetwas mit Spekulatiuscreme.

Es dauert nicht allzu lange bis sie fertig sind mit ihren Aufgaben draußen und anfangen die Pferde zu holen. Insgesamt brauchen sie zwanzig Pferde. Zu ihrem Glück wurde bereits entschieden, wer wen reiten wird. Eine Familie mit zwei Kindern im Alter der Zwillinge ist bereits im dritten Jahr zu Weihnachten da und bekommt wieder die gleichen Pferde wie im letzten Jahr, da sie sehr zufrieden waren. Die andere Familie mit zwei Kindern, die jedoch jünger sind, war um Ostern schon da, weshalb Moritz auch sie gut einschätzen konnte. Auch das junge Pärchen, das ihr erstes gemeinsames Weihnachten nicht bei ihren Familien verbringen wollte, wurde von Moritz eingeschätzt und den Pferden zu geordnet. Als letztes ist da noch eine dreiköpfige Familie, die schon in England bei ihnen Reitunterricht genommen hat und die Pferde von damals zugeteilt wurde. Die Pferde für seine Familie haben Felix und Thea bestimmt.

„Wen reitest du?", erkundigt der ältere sich bei seiner Schwester.

„Ich nehme Munin.", entscheidet sie spontan.

„Das hast du jetzt nur entschieden, weil du nicht nach ganz hinten laufen möchtest.", schmunzelt Felix. Der genannte Rappe steht wenige Meter von ihnen entfernt im Schnee, während er meint, die anderen Pferde seiner Schwester weiter entfernt zu sehen.

„Ich bin ihn schon lange nicht mehr geritten und da passt es ganz gut. Du kannst doch auch Galdur nehmen, der steht vorne im Stall." Er überlegt kurz, das Argument seiner Schwester ist sehr stark und Galdur würde sich ebenfalls freuen. Es wäre ihr erster Ausritt im Schnee. „Okay, du hast mich überzeugt. Letzten Winter war er verletzt und im Sommer war er immer sehr brav, dann kann ich ihn jetzt auch reiten."

Pünktlich stehen alle Pferde auf dem Putzplatz. Felix hat bereits alle Trensen verteilt, während seine Schwester die Putzboxen daneben gestellt hat. Während die Gäste gründlich die Pferde putzen, beeilen die Geschwister sich, damit er zusätzlich die Pferde ihrer Familie fertig machen können. Zoe und Leni putzen ihre Pferde selbst, weshalb nur drei weitere Pferde bleiben, die geputzt werden müssen.

Es dauert nicht lange, bis alle bereit sind aufzubrechen. Arya hat sogar daran gedacht, die Helme von Felix und Thea mitzubringen, diese natürlich die Helme im Haus vergessen haben. Moritz, Thea und Felix kontrollieren bei allen, die sich für einen Sattel entschieden haben, ob dieser richtig sitzt und helfen dann allen auf den Pferderücken, die alleine nicht hochkommen, bevor sie selbst aufsteigen. Felix merkt sofort, dass Galdur einen deutlich breiteren Rücken hat als Draumur oder auch Dimma. In der großen Gruppe verlassen sie das Gelände und reiten in Richtung Wald. Moritz führt die Truppe gemeinsam mit Isabelle an, die Zwillinge und Annalena sind irgendwo in der Mitte gelandet, während Theodora und Felix das Schlusslicht bilden. Es ist ein schöner Wintertag, die Sonne scheint und bringt den Schnee zum Glitzern, zusätzlich ist es ausnahmsweise nur wenige Grad im Minusbereich. Sobald sie den Wald erreicht haben, gibt Moritz ein schnelleres Tempo vor. „Töltet Galdur immer so schön?" „Erst seit seiner Verletzung am Bein, vorher nicht, aber vielleicht liegt das auch am Alter. Ohne Reiter ist er immer schön getöltet." Bis auf das kurze Gespräch verbringen die Geschwister den Ausritt schweigend. Sie haben sich heute wenig zu erzählen und sprechen auch nur ungern, wenn Gäste in der Nähe sind. Lieber lauschen sie der Natur, der vollkommenen Stille, die durch den Schnee entsteht oder den Gesprächen der Gäste, die sich über das Weihnachtsfest unterhalten.

„In etwa fünfzehn Minuten gibt es heiße Getränke und Plätzchen im Kaminzimmer.", verkündet Isabelle als sie wieder am Stall angekommen und alle abgestiegen sind. Sie überreicht ihrem Mann die Zügel von Vægir und begibt sich ins Haus, um dort alles vorzubereiten. Die Gäste bringen ihre Pferde selbstständig in den Stall und helfen noch beim Aufräumen der Trensen, Sättel und Putzboxen.

***

Nach und nach haben die Gäste das große Kaminzimmer verlassen, um auf ihren Zimmern ihre eigenen Bescherungen zu machen. Isabelle nutzt die Zeit und holt die Geschenke für ihre Familie. Felix und seine Schwestern habe ihre Geschenke bereits nach dem Ausritt geholt und unter den Baum gelegt. Da er dieses Jahr keine Wünsche geäußert hat, hat er keine Idee, was er gleich auspacken wird. Für Annalena hat er einen Kosmetikgutschein, für Theodora hat er zwei Bücher und die Zwillinge bekommen je ein Buch und eine Kuscheldecke. Isabelle hat sich ein Backbuch und eine neue Kuchenform gewünscht und für Moritz hat er einen Gutschein für den Laden, in dem dieser immer seine Arbeitssachen kauft.

„Eigentlich ist es das schönste Geschenk, dass wir alle hier gemeinsam sitzen können und es allen gut geht.", sagt Isa, während sie die Geschenke unter dem geschmückten Baum verteilt. Ihr Sohn lächelt traurig, er wünscht sich gerade nichts mehr, als dass sein Freund mit ihnen hier sitzen würde. Die Familie seines Freundes würde bestenfalls mit ihnen hier sitzen. „Irgendwann kannst du dem auch zustimmen.", wispert Theodora zu ihrem Bruder, welcher sie nur kurz dankbar anschaut. Als sie noch in England gewohnt haben, haben sie das Weihnachtsfest auch nicht komplett gemeinsam verbracht, doch dafür haben sie sich entweder vormittags oder noch nach der Bescherung und dem Abendessen gesehen.

„Für wen sind denn die letzten zwei Geschenke?", erkundigt Moritz sich nach etwa einer Stunde Bescherung.

„Für Felix und Julian. Felix kann aber beides öffnen und dann das Geschenk für Julian mit nach England nehmen." Überrascht schaut Felix auf, greift dann jedoch zu den Geschenken, die Zoe ihm anreicht.

Sein Geschenk ist weich und groß, was ihn überrascht, da er sich nichts gewünscht hat in dieser Form und er alles, was er sich vorstellen konnte, bereits bekommen hat.

„Ein Kopfkissen?", fragt Felix seine Mutter überrascht. „Ich habe doch eins und das ist noch nicht so alt."

„Das erklärt sich mit dem Geschenk für Julian.", erklärt Isabelle schmunzelnd.

Irritiert öffnet Felix das kleinere Geschenk für seinen Freund. Eine kleine Kiste versteckt sich unter dem Geschenkpapier. Vorsichtig hebt er den Deckel an und schließt ihn sofort wieder.

„Ein Schlüsselbund?!"

Erneut nimmt Felix den Deckel von der Box und nimmt den Schlüssel in die Hand. Es ist der Schlüssel zu ihrem Wohnhaus, zu dem privaten Teil des Stalls und zu Felix' Zimmer. Darunter liegt eine Karte. *„Damit du dich in deinem neuen Zuhause auch frei bewegen kannst."* Ist der wichtigste Satz in Felix' Augen.

„Bitte was?" „Hast du Julians Geschenk noch gar nicht geöffnet?" „Nein, das machen wir immer nachts, wenn wir telefonieren.", erklärt er seiner Mutter, obwohl er den Zusammenhang nicht versteht. „Dann hol doch zumindest schon einmal die Karte, die dabei ist."

„Frohe Weihnachten Darling,
Ich hoffe, es geht dir gut und du hast tolle Geschenke bekommen. Dieses Jahr habe ich für dich nur eine Kleinigkeit und mal etwas anderes, weil es ausnahmsweise kein neues Buch gibt.
Die Kleinigkeit ist nur ergänzend zu meinen Worten in dieser Karte. Du weißt, wie gerne ich mehr Zeit mit dir verbringen würde und dass ich mein Studium beendet habe, weshalb nun ein neuer Lebensabschnitt beginnt. Könntest du dir vorstellen, dass wir diesen und alle folgenden gemeinsam verbringen? Ich weiß, du möchtest Schweden nicht verlassen, aber ich weiß auch, dass bei dir noch Platz ist. Wenn du mich nicht bei dir wohnen lassen möchtest, würde Dimma mich bestimmt ihn ihrer Box schlafen lassen.
Überlege es dir, aber ich würde mich freuen, wenn ich bald bei dir wohnen kann. Isa wäre einverstanden.
Ich liebe dich und bis bald
Julian <3"

„Juli zieht hierher?" „Wenn du das möchtest, kann er hierherziehen." Entgeistert schaut Felix seine Mutter an, bevor er nach seinem Handy greift und Julians Nummer wählt. Es dauert nicht lange, bis sein Freund den Anruf entgegennimmt.

„Du ziehst hierher?", fragt Felix aufgeregt, bevor Julian überhaupt eine Chance hat etwas zu sagen.

„Wenn du das möchtest."

„Natürlich möchte ich. Aber wie machst du das mit der Arbeit?"

„Ich kann problemlos am Computer arbeiten und das zu fast jeder Tageszeit. Wenn ich mal telefonieren muss, was sehr selten ist, kann ich die Zeit mitbestimmen. Mach dir da aber nicht zu viele Gedanken, wenn ich es nicht wollen würde, hätte ich mich nicht dafür entschieden."

„Okay, wenn du das so sagst, vertraue ich dir. Ich hätte ehrlich gesagt nicht gedacht, dass wir zusammenwohnen, bevor alt sind." Felix ist immer noch überrascht, aber so glücklich wie schon lange nicht mehr.

„Und was sagst du zu dem Rest des Geschenks?", erkundigt sein Freund sich.

„Ich habe es noch nicht ausgepackt. Mama hat mir nur deinen Schlüssel geschenkt und weil ich nicht wusste, was ich damit anfangen soll, sollte ich deine Karte lesen. Mama dachte, wir tauschen unsere Geschenke morgens aus."

„Dann sitzt du auch noch bei deiner Familie?"

„Ja, ich musste nur sicher gehen, dass das wirklich stimmt."

„Tut es. Keine Sorge, ich komme wirklich zu dir. Lass uns heute Abend nochmal telefonieren, dann habe ich auch dein Geschenk ausgepackt.", schlägt Julian vor.

„Das klingt gut."

***

„Siehst du, am Ende wird alles gut." Theodora lächelt ihren Bruder an und reicht ihm eine Tasse Punsch. Gemeinsam stehen sie mit etwas Abstand von allen vor dem Stall.

„Ich hätte niemals gedacht, dass das Jahr so gut endet.", gesteht Felix.

„Du wolltest mir ja auch nicht glauben, dass Julian sich vorstellen kann hierher zu ziehen."

„Wieso hätte ich dir das auch glauben sollen. Er hat in England schließlich viel mehr als hier."

„Aber du hast doch gehört, was er den einen Abend am Lagerfeuer gesagt hat. Er hat zwei Arbeitsausritte mitgemacht und sein Pferd steht hier. Außerdem wirkte er hier sehr glücklich."

„Das ist mir auch aufgefallen, aber ich dachte, dass er die Zeit einfach als Urlaub nutzt. Es macht schließlich einen großen Unterschied, ob man ein paar Wochen hier ist oder dauerhaft. Und dass er sich gefreut hat, Zeit mit mir zu verbringen, hat mich auch wenig überrascht." Wenn Felix ehrlich ist, hat er eigentlich nur versucht sich keine Hoffnung zu machen. Zu groß wäre die Enttäuschung gewesen, wenn Julian sich nicht dazu entschieden hätte, sein Leben in England aufzugeben und in Schweden bei ihm neu zu starten.

Chapter 12

„Ich kann es immer noch nicht glauben, dass du wirklich hier-hinziehst.", begrüßt Felix seinen Freund am Bahnhof. Julian hatte darauf bestanden, nicht am Flughafen abgeholt zu werden. Er hat nur zwei Koffer und einen großen Rucksack dabei und wollte den Weg zu seinem neuen Zuhause lieber mit dem Schlitten zurücklegen. Felix hatte dagegen nichts einzuwenden, auch wenn seine Eltern wenig begeistert waren. Zusätzlich hat er auch noch Dimma und Draumur als Schlittenpferde gewählt, um seinem Freund eine Freude zu machen, dass seine Mutter davon wenig begeistert war, ist ihm egal. Er wollte unbedingt die letzte Chance mit Schnee nutzen. Es ist bereits Ende Februar und spätestens im März wird der Schnee schmelzen.

„Ich bin aber wirklich hier.", schmunzelt Julian und zieht Felix in eine Umarmung.

„Sind meine Kartons eigentlich schon angekommen?"

„Ja, gestern. Sie warten nur darauf ausgepackt zu werden." Felix hatte bei seinem Besuch in England vor einem Monat schon einige Sachen mitgenommen, die Bücher hat Julian mit der Post geschickt und der Rest passte anscheinend in zwei Koffer.

„Lass uns los, sonst wird es dunkel, bevor wir zuhause sind." Julian nickt bestätigend und hilft seinem Freund beim Verstauen der Koffer auf dem Schlitten, bevor er seinen Rucksack dazustellt.

***

Am Nachmittag sind sie am Stall angekommen, haben die Pferde in ihre Boxen gebracht und Julians Gepäck ins Haus gebracht. Die Koffer stellen sie direkt in Felix' Zimmer, bevor Julian herzlich von Felix' Familie begrüßt wird.

„Es ist schön, dass du hier bist. Felix wurde von Tag zu Tag unerträglicher." „Ey! Das stimmt gar nicht." „Natürlich stimmt das." „Jetzt fällst du mir auch noch in den Rücken…" Er schaut Theodora strafend an, als sie Annalena zustimmt.

„Glaub mir, wenn du Mama fragen würdest, würde sie dir nichts anderes erzählen.", murmelt Julian zu seinem Freund.

„Ganz unerträglich war Felix nicht. Er hat die Aufgaben im Stall so schnell und ordentlich wie möglich erledigt, sein Zimmer aufgeräumt und geputzt und war sogar mit mir einkaufen für das Abendessen." Dankbar sieht Felix zu seiner Mutter, die seinem Freund erklärt, dass seine Geschwister sich nur ausgedacht haben, dass er unerträglich gewesen ist.

„Felix? Ihr geht doch bestimmt noch in den Stall, könntet ihr dann Futter verteilen an alle?", wendet Moritz sich an seinen Stiefsohn. Bis gerade hatten sie sich bei Kuchen und warmen Getränken unterhalten. „Natürlich.", antwortet Julian, bevor sein Freund überhaupt dazu kommt, und steht auf.

***

„Jetzt sind wir endlich alleine. Ich liebe meine Familie, aber wieso müssen sie dich denn am ersten Tag ausfragen? Von deinem Studium hättest du auch in zwei Monaten noch berichten können."

„Bist du etwa eifersüchtig, Lixi?" Julian zieht seinen Freund in seine Arme und streicht ihm schmunzelnd über den Rücken.

„Nein, aber jetzt ist der Tag gefühlt schon wieder vorbei. Ich hatte das alles anders geplant."

„Du hattest Pläne für den heutigen Tag, abgesehen von mich abholen?"

„Was bist du denn jetzt so überrascht. Natürlich hatte ich Pläne. Ich wollte sogar für uns kochen, aber Mama war dagegen, weshalb ich schon eingeknickt bin und dem gemeinsamen Abendessen zugestimmt habe. Dafür kochen wir am Wochenende gemeinsam."

„Du wolltest alleine Kochen?", Sein Freund klingt noch überraschter als zuvor, auch wenn Felix zusätzlich Skepsis in dessen Stimme hören kann. „Was hattest du sonst noch geplant?", fragt Julian vorsichtig, als er Felix' traurigen Blick sieht, während sie den Stall betreten.

„Deine Sachen auspacken und wegräumen, damit das nicht so lange liegen bleibt. Deine Bücher müssen noch sortiert werden, das dauert wahrscheinlich länger, weshalb ich das schon auf morgen verschieben wollte, weil ich mit dir ausreiten wollte, da ich noch eine Überraschung für dich habe.", erklärt Felix und zieht seinen Freund zu einer Box am Ende der Stallgasse.

„Aber Dimma steht doch weiter vorne.", protestiert dieser. „Wir wollen aber gar nicht zu Dimma, sondern zu deiner Überraschung."

„Du schenkst mir kein Pferd! Felix! Nein, das geht nicht." Mit dieser Reaktion hatte er gerechnet.

„Doch, natürlich geht das. Dimma kann nicht jeden Tag mit auf einen oder sogar zwei Ausritte. Außerdem brauchst du bei den Wanderritten noch jemanden. Ich könnte dir natürlich auch immer eins meiner Pferde leihen, aber das ist auch doof. Ich habe mit Moritz gesprochen und deshalb bekommst du eins der drei Pferde, die ich im vergangenen Jahr ausgebildet habe. Fáfnir konnte ich leider nicht mehr abgeben, Héla passt vom Charakter nicht zu dir, aber Draugsa passt perfekt.", erklärt Felix und öffnet die Boxentür. Vor ihnen steht eine junge Schimmelstute mit dunkelgrauer Mähne, die nach und nach noch ausschimmeln wird.

„Sie ist wunderschön. Du weißt, dass ich immer neidisch war, dass du mit Draumur einen wunderschönen Schimmel hast."

„Natürlich weiß ich das. Das war ein weiteres Argument für Draugsa, aber hätte sie vom Charakter nicht zu dir gepasst, hätte ich sie dir nicht gegeben."

„Danke Lixi." Julian lächelt seinen Freund dankbar an und wendet sich dann dem jungen Pferd vor ihnen zu.

„Sie kann noch nicht alles, ist aber reitbar mit und ohne Sattel, in jeder Gangart, auch wenn sie nicht so schön traben kann. Dafür ist ihr Tölt aber ein Traum. Vor der Kutsche oder dem Schlitten hatte ich sie noch nicht, dafür haben wir zu wenig Zeit gehabt und ehrlich gesagt, ist sie mir dafür auch noch etwas zu jung.", erklärt Felix.

„Wie viel Zeit haben wir noch bis zum Abendessen?" „Warum überrascht mich diese Frage nicht? Aber wenn wir nicht ganz so gründlich putzen und deine Sachen nach dem Abendessen auspacken, haben wir noch zweieinhalb Stunden Zeit."

Während Julian sich umziehen geht, holt Felix das Putzzeug, die Trensen und die Sättel und bringt sie zum Putzplatz. Es wird bereits langsam dunkel und in etwa einer Stunde wird es vollständig dunkel sein, weshalb sie sich beeilen sollten. Auch die Pferde holt er bereits aus dem Stall. Er selbst entscheidet sich für Fáfnir, den er zeitgleich mit Draugsa ausgebildet hat. „Ist das Fáfnir?" Julian deutet fragend auf den Fuchs, der neben der Schimmelstute steht. Felix nickt.

***

„Können wir auch ein wenig schneller?", fragt Julian vorsichtig, als sie an ihrer eigentlichen Galoppstrecke ankommen.

„Das musst du entscheiden. Ich kenne Fáfnir mittlerweile, du hingegen kennst Draugsa noch gar nicht."

Julian nickt und entscheidet dann, dass sie zumindest ein wenig schneller gehen können. Sie tölten die gesamte Galoppstrecke und schlagen dann den Weg nach Hause ein.

Können wir in den nächsten Tagen nochmal ausreiten gehen? Vielleicht wenn es hell ist."

„Natürlich. Du möchtest doch bestimmt auch Dimma noch reiten, bevor wir ab nächster Woche wieder Ausritte leiten werden." Felix hatte gehofft, dass sie vor Beginn ihrer Arbeit noch einige Ausritte zu zweit machen würden.

„Stimmt, ich darf Dimma auch nicht vergessen. Wie schaffst du es bitte, dass du keines deiner Pferde vernachlässigst?"

„Gar nicht." Felix lächelt traurig. Irgendein Pferd vernachlässigt er leider immer. „Ich habe zwei nur für die Kutsche und den Schlitten. Die gehen dann immer zusammen und sind sonst eher auf der Wiese oder bei den Wanderritten mit Gepäck bepackt. Der Rest ist sehr unregelmäßig gemischt, aber irgendwer kommt immer zu kurz. Das sollte ich auch dringend ändern. Manchmal reitet Thea eins von den Pferden, wenn wir Wanderritte machen." Auch Julian wird in Zukunft bei Wanderritten eines seiner Pferde reiten, aber das werden sie besprechen, wenn sie der erste Wanderritt ansteht.

Nachdem sie die Pferde wieder in ihre Boxen gestellt haben und Julian Dimma begrüßt hat, begeben sie sich ins Haus, um die ersten Sachen auszupacken, bevor es Abendessen gibt.

Ausnahmsweise haben sie keine Gäste, die mit ihnen essen, weshalb sie in der Küche sitzen und Raclette machen.

„Wolltest du nicht kochen?", erkundigt Felix sich bei seiner Mutter.

„Sei doch nicht so vorwurfsvoll.", mischt sein Freund sich ein.

„Ich wollte eigentlich kochen, aber mir kam die Idee, es mit dem Essen von morgen zu tauschen. Dann kannst du deinen eigentlichen Plan morgen Abend beenden, weil Moritz und ich mit den Zwillingen und Leni unterwegs sind.", erklärt Isabelle ihre Planänderung.

„Ich werde euch auch nicht stören. Ich muss noch einiges für die Schule tun." Julian lächelt, als Theodora sich sofort von ihnen distanziert, um ihren Abend nicht zu stören. „Du dürftest auch bleiben. Wir können doch zu dritt kochen und uns nach dem Abendessen trennen. Du musst schließlich auch etwas essen.", schlägt er vor.

„Aber möchte ich wirklich von meinem Bruder vergiftet werden?"

„Nein, aber soll er mich vergiften? Gemeinsam könnten wir das verhindern."

„Ich sehe schon, ihr zwei traut mir wieder gar nichts zu. Aber du dürftest trotzdem bei uns bleiben, Thea. Wir gehen dann nach dem Abendessen nach oben und lassen dich mit deinen Schulaufgaben alleine." Felix weiß jetzt schon, dass seine Schwester und sein Freund sich in Zukunft gegen ihn verbünden werden. Das haben sie schon in England regelmäßig getan.

Chapter 13

Der nächste Morgen kam schneller als ihm lieb war. Um gerade einmal sechs Uhr war Felix ausgeschlafen oder wachgeworden, weil seine Schwestern im Flur zu laut waren. Ganz sicher ist er sich nicht, da sie eigentlich nur zu hören sind, wenn er sich auf die Geräusche vor der Tür konzentriert. Neben ihm liegt Julian friedlich schlafend.

Um seinen Freund nicht zu wecken, greift er vorsichtig nach seinem Handy und stellt direkt die Helligkeit auf die niedrigste Stufe. Er öffnet seine Notizenapp und beginnt zu schreiben: *Als Noah am Morgen wach wird, schläft Silas noch. „Wenn du wüsstest, dass ein Großteil der Bücher, die in deinem Regal stehen von mir geschrieben wurden.", murmelt Noah leise, während er seinen schlafenden Freund beobachtet. „Wie sehr ich mir wünschen würde, dass du es wüsstest, mich aber nicht traue, dir zu gestehen, dass ich uns als Vorbild für all meine Romane genommen habe. Dabei hast du sogar schon beim ersten Buch gesagt, dass wir uns darin wiederfinden können, und ich habe dir zugestimmt, nachdem ich mir das Buch von dir geliehen habe, um es zu ‚lesen'."* Der Autor seufzt, bevor er weiterschreibt. *„Ich glaube, ich erwähne dich namentlich in der Widmung meines nächsten Romans. Dann weißt du, wer ich bin oder besser, wer diese Romane schreibt. Vielleicht findest du dann sogar die Verbindung zu dem anderen Genre, das ich unter einem anderen Pseudonym schreibe."* Wenn Julian wüsste, dass Felix dessen Lieblingsbücher schreibt und dann nicht nur die Romane, sondern auch die Fantasy Bücher. *„Ich kündige schon mal an, dass ein neues Buch unter dem anderen Pseudonym vier Wochen nach diesem Roman erscheinen wird."* Und weil er das jetzt so in seine Ideensammlung getippt hat, wird er alles dafür tun dies umzusetzen.

„Guten Morgen.", lächelt Felix, als er sieht, dass Julian neben ihm wach wird.

„Guten Morgen. An das Aufwachen neben dir könnte ich mich glatt gewöhnen." Felix nickt und zieht seinen Freund näher an sich heran.

„Was ist heute geplant?"

„Wir können ausreiten gehen, heute Abend kochen wir und danach sortieren wir deine Bücher ein."

„Wo denn überhaupt? Ich habe bisher weder die Kisten gesehen, geschweige denn ein einziges Bücherregal mit deinen Büchern."

„Tja, das wirst du wohl heute Abend herausfinden. Ehrlich gesagt wundert es mich, dass du bisher noch nie gefragt hast." Julian hat Felix' Bibliothek noch nicht gesehen und in ihren Videocalls hat er anscheinend nicht darauf geachtet, wo Felix sich gerade befindet.

***

Gegen neun Uhr haben sie gefrühstückt und stehen im Stall vor den Boxen. „Lass uns nochmal mit Fáfnir und Draugsa ausreiten. Dann kannst du alle Gangarten durchgehen und lernst sie noch ein bisschen besser kennen. In zwei Wochen wirst du sie reiten müssen, wenn wir den ersten Wanderritt der Saison machen. Dimma schafft nicht die ganze Strecke, ich werde auch mehrfach das Pferd wechseln, vielleicht musst du sogar eines unserer Pferde reiten. Entweder eins von mir oder meinen Geschwistern. Thea und Moritz werden uns begleiten, zusätzlich haben wir wahrscheinlich sechs Gäste.", erklärt Felix.

Julian nickt zustimmend. Auch wenn er gerne Dimma geritten wäre, möchte er sein neues Pferd kennenlernen, bevor er auf einen langen Ausritt mit Gästen geht. Außerdem möchte er seine Dankbarkeit zeigen. Denn auch wenn Felix Verständnis hätte, wenn Julian sich für Dimma entschieden hätte, weiß dieser genau, dass sein Freund an seinem Geschenk gezweifelt hätte.

„Was hast du denn für heute Abend geplant? Heute Morgen hast du nur Essen und auspacken erwähnt."

„Viel mehr habe ich gar nicht geplant. Ich wollte gerne für dich kochen, aber da mir niemand etwas zutraut, werden wir gemeinsam kochen."

„Ich würde dir das Kochen zutrauen, aber irgendwas sagt mir, dass du das nicht alleine machen solltest.", erklärt Julian. Felix kann ihn verstehen, er ist nicht der begabteste, wenn es ums

Kochen geht, aber ihm war bisher noch nichts angebrannt, er hat niemanden vergiftet und jede Mahlzeit war genießbar. „Wenn Mama nicht immer kochen würden, könnte ich viel besser kochen und euch das auch zeigen.", verteidigt er sich.

Lächelnd gibt Felix das Startsignal, als sie an ihrer Galoppstrecke ankommen. Da es nun hell ist, können sie problemlos galoppieren. Mit einem Blick über die Schulter sieht er, dass Julian direkt hinter ihm ist und lächelt. Draugsa scheint tatsächlich genau den Ansprüchen seines Freundes zu entsprechen.

„Sie ist perfekt, sogar noch besser als Dimma, aber das darfst du ihr nur nicht erzählen.", bestätigt Julian seine Gedanken.

„Natürlich werde ich ihr das nicht erzählen. Es freut mich aber, dass du mit Draugsa zufrieden bist."

„Danke, dass du sie mir geschenkt hast." „Sie wäre sonst ein Reitpferd für alle geworden, aber du brauchst nun mal jemanden für die langen Ritte."

Nach einiger Zeit des Schweigens, ergreift Julian das Wort: „Hätte man mich vor einem Jahr gefragt, ob ich mir vorstellen könnte, jetzt mit dir hier durch Schweden zu reiten und dauerhaft hier zu wohnen, hätte ich nein gesagt. Jetzt ist heute mein erster ganzer Tag hier und ich könnte mir nichts schöneres vorstellen."

„Ich hätte bis Weihnachten nicht gedacht, dass du hier wohnen wirst, bevor wir alt und in Rente sind."

„Doch, mir war klar, dass ich hierherziehe, bevor wir in Rente sind, aber ich dachte dabei eher an in zehn Jahren."

„Thea hat nach deinem Besuch im Dezember gesagt, ich solle dich einfach fragen, ob du nach deinem Studium nicht einfach zu uns ziehen möchtest. Sie meinte, du hättest nichts dagegen, weil du wohl am Lagerfeuer gesagt hast, dass du dir das vorstellen könntest. Ich hätte aber ein schlechtes Gewissen gehabt, wenn du nur wegen mir hierhergezogen wärst.", erzählt Felix.

„Deine Schwester hatte aber Recht. Mir war es wichtig, erst mein Studium zu beenden, aber danach sprach nichts dagegen, zu dir zu ziehen. Arbeiten kann ich überall auf der Welt und eine Stunde Zeitverschiebung ist da überhaupt kein Problem. Und am

Ende bin ich natürlich nur wegen dir hierhergezogen. Dimma spielt auch eine wichtige Rolle, aber meine Entscheidung habe ich wegen dir getroffen."

„Jetzt fühle ich mich schlecht… Du solltest dein Leben in England nicht wegen mir aufgeben."

„Hätte mir mein Leben so gut gefallen ohne dich, wäre ich in England geblieben. Es gab außer meiner Familie nichts, was mich dagehalten hätte. Hier fühle ich mich wohl, bin bei dir und wieder bei deiner Familie, die mir in England auch immer gefehlt hat."

Auch wenn Julian es so darstellt, als wäre er tatsächlich freiwillig hier, hat Felix ein schlechtes Gewissen.

***

Am frühen Nachmittag waren sie von ihrem Ausritt zurück, haben dann Julians Sachen ausgepackt und in Felix' Zimmer an ihre Orte geräumt. Felix hatte zuvor extra Platz in seinem Schrank geschaffen und sein Badezimmer aufgeräumt, damit auch dort die Sachen seines Freundes ihren Platz finden können.

Gegen 17 Uhr sind sie mit Theodora in der Küche verabredet, um gemeinsam zu kochen. Felix hat Lachs-Spinat-Pasta geplant. Ein Essen, das er bisher noch nicht selbst gekocht hat, aber schon lange ausprobieren wollte. Laut Rezept ist es gar nicht so aufwendig und doch kann es wie ein edles Essen wirken. Auf die Vorspeise wollte Felix verzichten, dafür hat er jedoch einen Nachtisch mit Zitronencreme geplant.

„Du weißt schon, dass du Julian nicht mehr überzeugen musst. Er ist für dich schon hierhergezogen, da hätte er sich auch über Pizza gefreut.", schmunzelt Thea, als sie den Essensplan von ihrem Bruder erfährt.

„Möchtest du meckern oder nachher mitessen? Außerdem habe ich vor fast fünf Jahren das letzte Mal für Juli gekocht.", verteidigt Felix sich.

„Ich hätte mich auch über Pizza gefreut, da hast du Recht. Über ein aufwendigeres Essen freue ich mich aber noch mehr. Es ist schön, dass Lixi sich Mühe geben möchte.", mischt Julian sich in das Gespräch der Geschwister ein, bevor er Felix einen Kuss auf die Stirn gibt. Er nimmt Thea das Rezept aus der Hand, um mit dem Nachtisch zu beginnen, da er Felix lieber die Hauptspeise überlässt. Das gemeinsame Kochen macht ihnen allen Spaß, sie lachen viel und am Ende schmeckt sogar Thea das Essen.

Natürlich haben sie sich nach dem Essen noch verquatscht und sind deshalb erst um 21 Uhr zurück in ihre Zimmer gegangen. „Brauchst du irgendetwas, um deine Bücher zu sortieren?", erkundigt Felix sich. „Die Bücher?" „Okay, dann komm mit.", fordert er schmunzelnd. Sein Freund weiß immer noch nichts von der Bibliothek, weshalb er ihm skeptisch folgt. Felix öffnet eine unscheinbare Tür im Flur und fordert seinen Freund auf, die kleine Wendeltreppe hinaufzusteigen: „Geh vor, ich weiß, was uns dort erwartet." Zögernd nickt Julian und betritt vorsichtig die erste Stufe, als würde sie jederzeit einbrechen. „Es wird dich nichts fressen, wenn du oben ankommst und ich bin direkt hinter dir.", schmunzelt Felix.

„Du hast eine ganze Bibliothek!?", ungläubig dreht Julian sich um.

„Ja… zeitgleich ist das auch mein Büro beziehungsweise der Ort, an dem ich schreibe. Ich bin einfach gerne hier, wenn ich alleine sein möchte. Die anderen kennen den Ort, aber wenn normalerweise kommt niemand hier hoch. Die Gäste haben keinen Zutritt.", erklärt Felix.

„Es ist ein wundervoller Ort. Und du möchtest wirklich, dass ich meine Bücher hier einsortiere?"

„Natürlich. Aber wenn möglich, würde ich gerne die Ordnung behalten. Ich habe nach Genre und dann nach den Nachnamen der Autoren alphabetisch sortiert."

„Das ist auch eine sehr sinnvolle Ordnung. Wie hast du denn unter den Autoren sortiert?", erkundigt Julian sich.

„Nach Erscheinungsdatum vom ältesten zum neuesten Buch. Und Serien werden nicht durch andere Bücher unterbrochen." Für den jungen Autoren ist es die einzige logische Art Bücher zu sortieren. Er hat häufiger gesehen, dass andere Menschen ihre Bücher nach Farben sortieren, da würde er gar nichts finden. Halbwegs akzeptabel findet er die Ordnung nach Autoren Genre übergreifend.

„Soll ich dir beim Sortieren helfen?" „Du musst nicht. Ich muss ja erst einmal auspacken und vor die Regale sortieren. Vielleicht später, wenn ich alles einräume." Felix nickt zustimmend. „Okay, dann setze ich mich an den Schreibtisch und schreibe ein wenig an meinem aktuellen Projekt. So kann ich dir jederzeit helfen, störe dich aber nicht und verbringe die Zeit sinnvoll."

Chapter 14

„Annalena! Wenn du nicht laufen möchtest, solltest du jetzt nach unten kommen!", ruft Felix durch das Haus. Er hat keine Ahnung, wo seine Schwester schon wieder war, denn eigentlich wollte sie vor einer halben Stunde nur schnell ihre Tanzschuhe aus ihrem Zimmer holen. Gemeinsam mit Julian begibt er sich zum Auto, in der Hoffnung, dass Leni in den nächsten Minuten dort auftauchen wird. Es ist ihre erste gemeinsame Tanzstunde seit Jahren, weshalb er unbedingt pünktlich sein möchte. Mittlerweile wohnt Julian etwas über einen Monat in Schweden und sie hatten entschieden, ab April wieder Tanzunterricht zu nehmen.

„Ich bin doch schon da. Warum drängelst du denn so?" Leni lässt sich auf die Rückbank fallen und schaut ihren Bruder vorwurfsvoll an. „Wir wollen doch ausnahmsweise einmal pünktlich sein. Was denken Fabi und Maní denn von uns, wenn wir zu spät da sind.", erklärt Felix und fährt los.

„Seid ihr aufgeregt?", erkundigt Leni sich.

„Nein, ich kenne die schließlich schon und so ungeschickt können wir uns gar nicht anstellen."

„Ich schon ein wenig. Ich kenne schließlich außer euch niemanden und ich habe Angst, dass ich alles vergessen habe, was wir vor Jahren mal gelernt haben.", erklärt Julian.

„Du wirst schon nicht alles vergessen haben. Außerdem können Maní und Fabi euch sonst alles nochmal zeigen." Felix nickt bestätigend und greift blind nach Julians Hand, seinen Blick weiter auf die Straße gerichtet. „So schlimm kann es schon nicht werden. Lass mich nur nicht fallen, sonst können wir wieder vier bis sechs Wochen nicht tanzen."

Pünktlich, zehn Minuten vor Kursbeginn, betreten sie gemeinsam die Tanzschule und gehen direkt in den Saal, in dem der Kurs stattfinden wird. In der Sitzecke wechseln sie ihre Schuhe und warten auf die Tanzlehrer. Felix merkt, dass er doch ein wenig nervös ist, aber im Gegensatz zu seinem Freund ist er entspannt. „Juli, es wird alles gut werden. Maní und Fabi sind supernett, wir tanzen immer noch auf höherem Niveau als der Kurs und selbst wenn wir etwas falsch machen, ist das nicht so schlimm, solange du mich am Leben lässt.", versucht er seinen Freund zu beruhigen. „Mein Problem sind nicht die anderen. Ich möchte dich nicht enttäuschen. Wir haben so lange nicht mehr zusammen getanzt und seit dem letzten Mal hast du mehrfach noch getanzt." Julian weicht Felix' Blick aus, während er seine Gedanken murmelnd mit seinem Freund teilt. „Aber ich verlange doch gar nichts von dir. Vielleicht solltest du noch die Tanzhaltung und die Grundschritte kennen, der Rest kommt von ganz allein. So ging es mir doch, als ich das erste Mal mit Leni hier war." Vorsichtig zieht er seinen Freund in seine Arme. „Es wird alles gut werden.", verspricht er.

„Leni, du hast ja wieder deinen Bruder mitgebracht.", freut Fabi sich.

„Naja, nicht ganz. Er tanzt mit Julian und ab jetzt jede Woche. Timo kommt später."

„Oh, das freut mich. Ich bin gespannt, wie ihr miteinander tanzt. Annalena hat immer so geschwärmt und das, was ich von dir schon gesehen habe, Felix, verspricht sehr viel."

„Wir haben schon ewig nicht mehr richtig getanzt. Es kann also noch etwas eingerostet wirken.", erklärt Felix sofort, um den Druck zu reduzieren.

„Das funktioniert schon, wenn ihr Hilfe braucht, meldet ihr euch einfach, dann helfen Maní und ich euch." Während er dankend nickt, sieht Julian sich zweifelnd im Saal um.

Maní startet die Musik, während Fabi die Anwesenheit kontrolliert. „Wir beginnen heute langsam mit Rumba.", verkündet Maní.

Felix beginnt augenblicklich zu lächeln. Rumba ist immer ihr Lieblingstanz gewesen, wenn man sich auf die Schritte konzentriert, können selbst die einfachsten Figuren wunderschön aussehen. „Endlich wieder Frauenschritte.", schmunzelt er, als sie ihre Tanzhaltung einnehmen und sein erster Schritt nach links beginnt. Es dauert nur wenige Takte, bis Julian sich sicher genug fühlt, um von Felix die erste Drehung zu fordern und dann in Rückwärtspromenade übergeht. „Wir bleiben heute bei den einfachen Figuren, mir fällt gerade nicht mehr alles ein." „Das ist

vollkommen in Ordnung, wichtig ist nur, dass wir Spaß haben.",
lächelt Felix, als sein Freund ihm die linke Hand hinhält, um ihn
aus der Promenade zu drehen.

„Nach einem langsamen Start können wir jetzt etwas schnelleres Tanzen. Irgendwer hatte letzte Woche Jive vermisst.", verkündet Fabi.

„Wie kann man denn Jive vermissen? Das war der einzige Tanz,
den ich in den letzten vier Jahren nicht vermisst habe."

„Ich weiß es auch nicht.", stimmt Leni Julians Aussage zu und
greift nach Timos Hand.

„Aber mir fallen hier gerade auch kompliziertere Figuren ein."
Auch wenn Jive niemals sein Lieblingstanz werden wird, hat Felix
Spaß. Es erinnert ihn an die ersten Tage in Schweden, als er un-
fassbar viel Spaß beim Ausmisten hatte, nur weil er es knapp drei
Wochen nicht getan hat.

Als nächstes lässt Maní sie Cha-Cha-Cha tanzen, neben Rumba
ist es Felix' und Julians Lieblingstanz. In England konnten sie mit
einer Figur besonders angeben. Die drei Cha-Chas, die eigentlich
fünf sind, hat keiner in ihrem alten Kurs richtig tanzen können.
Felix hat es nie verstanden, denn eigentlich ist eine sehr einfache
Figur. Julian führt sehr zu Anfang des Liedes ihre Lieblingsfigur
und bringt seinen Freund damit sofort zum Lächeln. Sie tanzen
die Figur so elegant wie möglich. Was sie dabei nicht bemerken,
Leni beobachtet sie lächelnd, Fabi und Maní reden über sie und
auch ein Teil der anderen Teilnehmer sieht beeindruckt zu ihnen.

„Ich weiß nicht, wer von euch Felix und Julian beobachtet hat,
aber es gibt da eine Figur, die eigentlich relativ früh unterrichtet
wird, die wir aber immer vergessen haben. Das wollen wir heute
nachholen.", wendet Fabi sich nach dem Tanz an die Gruppe. „Ich
bin ehrlich, ich kann die Schritte gar nicht so richtig. Ich weiß, was
ich wann machen muss, aber koordiniert bekomme ich das
nicht.", erklärt Maní, bevor sie sich direkt an Julian und Felix wendet: „Wäre es für euch in Ordnung, wenn ihr das vorführt?" Sie
schauen sich kurz an und nicken. Natürlich wissen sie sofort, um

welche Figur es geht, Maní ist nicht die erste, die sagt, dass sie Probleme damit hat.

„Ich zähle für euch, dann müsst ihr nur Tanzen." Bestätigend nicken sie und stellen sich in die Mitte des Saals. Maní zählt ihre Schritte und sie müssen tatsächlich nur Tanzen: „Start, Wiege, ChaChaCha, Damensolo, ChaChaCha, Promenade, ChaChaCha, Spot turn, ChaChaCha, Promenade, Schritt, Kick, Rück, Ta-dam, Wiege, ChaChaCha."

„Okay, das klingt sehr kompliziert.", mischt Fabi sich ein. „Wir machen das alle zusammen ganz langsam. Tanzhaltung!" Felix sieht sich um, alle Paare stehen in Tanzhaltung. „Ganz normaler Anfang: Startschritt, Wiege, dann ChaChaCha. Damensolo, schließen. Aufklappen…" Er hört gar nicht weiter zu, die Schritte kann er alleine.

„Es hat euch also Spaß gemacht?", Leni lächelt, als sie im Auto sitzen und zurückfahren. „Natürlich. Tanzen macht immer Spaß. Die Tanzlehrer sind sehr nett und der Kurs ist auch ganz okay. Ich hätte aber nicht gedacht, dass ich mittlerweile so untrainiert bin." „Das wird aber nicht lange so sein, du gewöhnst dich schnell wieder daran und das Reiten trainiert ebenfalls.", versichert Felix seinem Freund.

Epilog

„All die Jahre hast du über uns geschrieben?" Gerade wollte Julian den neuen Roman von seinem Lieblingsautoren beginnen, doch er hat es nur bis zur Widmung geschafft und sofort das Buch zugeschlagen, nur um es erneut an dieser Stelle zu öffnen und festzustellen, dass dort immer noch das Gleiche steht: *„Für Julian, meinen Freund, der mir in den letzten Jahren hier in Schweden als Inspiration gefehlt hat. Lest selbst."*

„Es tut mir leid." Felix nuschelt seine Antwort nur, doch Julian schüttelt den Kopf. „Öffne dein Buch." Mit dem Kopf auf das Buch in Felix' Hand deutend fordert der Jüngere den Älteren auf ebenfalls mit dem Lesen zu beginnen, so, wie sie es für den Abend geplant hatten. Zögernd kommt Felix der Aufforderung nach.

„Für Felix, der mir in diesem Jahr wieder nah genug war, um als Inspiration zu dienen." Die Widmung ist ähnlich wie seine eigene. „Du schreibst Bücher? Warum hast du nie etwas gesagt?" „Du hast es doch selbst nie gesagt." Julian versucht sich zu verteidigen, doch im Gegensatz zu ihm hat Felix immer mit offenen Karten gespielt, er hat nur nie gesagt, dass er mit seinen Geschichten, die er so gerne schreibt, Geld verdient. „Ich hatte Angst, dass du meine Bücher lesen möchtest und weil ich wusste, dass du selbst schreibst, dachte ich, dass du zu viel kritisieren würdest." „Und warum hast du nichts gesagt, als ich von all deinen Büchern geschwärmt habe?" „Du hast es auch nicht getan." Felix muss geschlagen nicken, Julian hat schließlich Recht.

„Dann lass uns mal unsere Geschichte aus der jeweils anderen Perspektive lesen." Julian versucht Felix ein wenig aufzumuntern und schlägt nun erneut sein Buch auf. Felix tut es ihm gleich.

***

In der kleinen Bibliothek ist es nun also still, immer mal wieder räuspert sich einer der zwei jungen Autoren auf dem Bett, ansonsten ist nur das Umschlagen der Seiten zu hören. Für beide ist es faszinierend zu lesen, was der andere zu ihrer Beziehung denkt.

„Was?!" Julians Ausruf nach etwa der Hälfte des Buches und knapp 150 Seiten unterbricht damit die Stille. Felix zuckt erschrocken zusammen, auch wenn er schnell ahnt, was sein Freund als Letztes gelesen hat.

„Was ist los?", fragt Felix, obwohl er sich denken kann, dass sein Freund überrascht ist, von dem, was er gerade herausgefunden hat.

„Du schreibst noch mehr und das unter einem anderen Pseudonym?", fragt Julian immer noch geschockt.

„Ja.", lautet Felix' einfache Antwort.

„Und was ist dein anderes Pseudonym?"

„Das musst du selbst herausfinden. Es gibt genug Hinweise und du hast mindestens einen der vier Bände gelesen, wahrscheinlich aber alle." Felix hat genug Hinweise in seinem Roman versteckt, damit auch seine anderen Leser herausfinden können, was er sonst noch schreibt.

„Soll ich erst weiterlesen oder erst meine Bücher durchgehen?"

„Erst Lesen.", bestimmt er, denn er selbst würde ebenfalls gerne weiterlesen.

Weitere 150 Seiten später schließt Felix sein Buch glücklich. Es ist bereits nach Mitternacht, am Himmel tanzen die Nordlichter und auch wenn sie bereits um 16 Uhr angefangen haben, zu lesen, ist er froh, dass es bereits so spät ist.

Nach wenigen Minuten schließt auch Julian den Roman in seinen Händen, ebenfalls mit einem Lächeln im Gesicht. „Ich habe zwei Ideen, was dein zweites Pseudonym sein könnte.", murmelt er. „Du sprichst von Island und nordischer Mythologie, die Frage ist, spielt es auf Island, dann wäre es Tobias Schmidt oder spielt es nur im Norden Europas, dann wäre es Tom Miller."

„Das musst du jetzt herausfinden. Ich habe beide Autoren hier stehen, in meinem Regal zu suchen, bringt dir also nichts." Felix lächelt, während er antwortet, denn immerhin war die richtige Antwort dabei. „Denk mal genauer nach. Würde ICH, die isländische Mythologie auf das europäische Festland bringen und mich dann auf eine nordische Mythologie spezialisieren?"

„Nein, aber Tom Miller passt vom Schreibstil mehr zu dem, in deinem Roman.", erklärt Julian sein Problem und jetzt, wo dieser es laut ausspricht, fällt Felix auf, weshalb er von diesem Autor immer so fasziniert war, dieser schreibt in ähnlicher Weise genau das, was er selbst gerne lesen würde.

„Aber wäre es nicht merkwürdig, wenn man einen Roman genauso schreibt, wie eine Fantasy Serie?", stellt Felix die Frage, die Julian zur Lösung der Ausgangsfrage bringt.

„Doch. Du bist also neben Jakob Winter auch noch Tobias Schmidt?"

„Genau."

Selbst, als sie wenig später unter den Polarlichteren durch den Schnee reiten, haben sie noch nicht verstanden, was genau sie gerade von dem jeweils anderen gelesen haben. Noch vor einem Jahr, als Felix an seinem Roman verzweifelt ist, da er keine Idee hatte, hätte er sich nicht vorstellen können, an diesem Nikolausabend mit seinem Freund durch den Schnee zu reiten, auf ihren jungen Pferden, die er im Vorjahr selbst ausgebildet hat. Aus heutiger Perspektive könnte er sich jedoch nichts Besseres vorstellen.

Danksagung

Diese Geschichte ist aus einem Adventskalendertürchen des letzten Jahres entstanden. Irgendwie hatte ich immer mehr Ideen und plötzlich waren es statt knappen tausend Worten über 28000 Worte.

Dieses Buchprojekt ist heimlich entstanden, zwar wussten einige Personen, dass ich gerade an einem Buch oder vielmehr einer Geschichte geschrieben habe, aber dass ich plane, es zu veröffentlichen weiß niemand, bevor er nicht das Buch in der Hand hält. Ich hoffe, ich habe niemanden zu sehr damit genervt.

Über die Autorin

Lea Tervooren schreibt schon seit Jahren (Kurz-)Geschichten. „Love Under the Polar Lights" ist ihr erstes veröffentlichtes Werk, abgesehen von zwei Adventskalendern auf Wattpad.

Neben dem Schreiben studiert Lea Tervooren mit dem Ziel Lehrerin zu werden. Ansonsten interessiert sie sich für isländische Sagen, reitet seit sie 6 Jahre alt ist und geht Tanzen.